いぬのせなか座

# 渇求

松村翔子

本書は、詩人・橘上の即興朗読公演「NO TEXT」で生まれた詩をもとに、松村翔子が新作戯曲、詩人の山田亮太・橘上が新作詩集を制作するプロジェクト『TEXT BY NO TEXT』の一冊として刊行されました。

装釘・本文レイアウト＝山本浩貴＋h（いぬのせなか座）
表紙使用作品＝ヨゼフ・チャペック『こいぬとこねこのおかしな話』1928年

# 目次

・この作品には、刺激の強い性描写・暴力表現が含まれます。
・この作品は、実際に起きた事件をモチーフにしていますが、事件の詳細や人物の描写は全てフィクションです。
・この作品を上演する際は、必ずインティマシーコーディネーター等、専門家の指示に従ってください。

# 渇求

# 登場人物

ミノリ――――登場時、一歳半。自閉スペクトラム症を抱えている。
鏡子――――登場時、三十四歳。ミノリの母。
治――――登場時、四十三歳。ミノリの父。
ムラタ――――二十代中盤。特殊清掃業のアルバイト。夜は「姉キャバ」のボーイとして働く。
特殊清掃員―三十代後半。ムラタの先輩。
保健師――――ミノリの一歳半健診を担当。
児童福祉司―自閉スペクトラム症を抱えるミノリと母・鏡子を担当。
母――――鏡子の母親。

**父**――鏡子の父親。
**同胞1**――四十歳前後。新興宗教「アサアビ会」の信者。
**司祭**――四十歳前後。「アサアビ会」の教祖的存在。
**アヤカ**――三十代前半。「アサアビ会」の同胞の一人。「姉キャバ」で働くシングルマザー。
**店長**――三十代中盤。「姉キャバ」の店長。
**ニナ**――二十代後半。「姉キャバ」のナンバーワン。
**ナオミ**――三十代中盤。「姉キャバ」のキャスト。
**客**――五十歳前後。ニナの指名客。
**ハラ**――四十代後半。ナオミの指名客。水商売の同業者。
**タツキ**――二十代後半。女性向け風俗店に勤める男性。ナオミが指名するセラピスト。
**ユウヤ**――二十代中盤。タツキと同じ風俗店に勤めるセラピスト。

鏡が
「自分の顔が見たい」
と言うので
もう一つの鏡を
正面に置いた

鏡は
顔を追いかけたまま
帰ってくることはなかった

# 一幕

# 一

二〇一五年　十二月二十二日　午後二時五分

郊外にあるアパートの前。特殊清掃員とムラタがおり、清掃の準備をしている。

清掃員　うー、さむ。
ムラタ　二軒目もちゃっちゃと済ませましょう。
清掃員　ここだな、一〇三。
ムラタ　あー、結構匂ってますね。
清掃員　サラリーマンの自殺だってさ。

ムラタ、香水をポケットから取り出し、全身にスプレーしている。

清掃員　いやお前、防護服の上からも香水つけんのかよ。
ムラタ　なんかこの部屋結構やばそうだなと思って。
清掃員　そんな匂いばっか気にしてたらやってらんねえぞこの仕事。

清掃員、玄関の郵便受けを覗く。

清掃員　うわ、確かにすげー匂い
ムラタ　会社員だと遺体の発見が遅れること、あんまないですけどね。
清掃員　暖房だよ。つけっ放しだと冬でもすぐ遺体は腐る。
ムラタ　なるほど。
清掃員　これは厄介だぞー。ま、ムラタは五時に上がっていいから。
ムラタ　え、そんなすぐ終わらないでしょ、この部屋。
清掃員　だってお前、夜も働いてんだろ？
ムラタ　まあ。
清掃員　何やってんだっけ。
ムラタ　キャバのボーイっすね。
清掃員　働くねえ、若者。
ムラタ　じゃ、五時に消毒完了目指して頑張りましょう。
清掃員　だな。暖房ついてたとはいえ、夏よりは何万倍もマシだ。
ムラタ　はい。
清掃員　部屋で死ぬなら冬がオススメと全人類に言いたいね。

ムラタ　っすね。俺も死ぬときは冬にします。
清掃員　はは。そうしな。
清掃員、ポケットから塩を取り出す。
清掃員　ムラタ、こっち向け。
清掃員、塩をひとつまみ、ムラタの胸元・背中・足下に手際良く振りかける。ムラタも同様、清掃員に塩を振りかける。二人、自分の体を手で軽く払った後、足下の塩を二、三度踏み、数秒間手を合わせる。
この一連は、遺体が発見された物件清掃に入る前の、彼らの習慣となっている。
ムラタ　先輩。
清掃員　ん？
ムラタ　いつも思うんすけど、これって普通、作業終わった後にしません？　だってお清めって葬式から帰ってきたときとかにするじゃないですか。

清掃員　いや、いいんだよこれで。邪気を払ってから清掃に入る。故人への誠意だ。俺なりの。
ムラタ　故人への誠意ねえ。
清掃員　よし。じゃ、いくぞ。
ムラタ　うっす。
二人、部屋の扉を開け、その中へ。

## 二

築二十年ほどのマンションの一室。

リビングにダイニングテーブルと椅子、ソファがあり、その周辺にはおもちゃや洗濯物が散乱している。

鏡子は窓際に座り、幼いミノリの顔をまっすぐ見つめている。

ミノリもまた、その前に立ち尽くし、鏡子の姿をじっと見つめる。

側に置かれた扇風機の風に、二人の髪がそよぐ。

ミノリ　お母さんの顔には大きな穴が空いていた。
目や口や鼻があるはずのところに、
風通しのいい穴が広がっているのだ。
僕はお母さんの穴を覗き込み、
向こう側にある扇風機がくるくる回るのを見る。
お母さんの顔の穴に扇風機がすっぽりはまり、
羽根がブオーという音を立てて風を吐き出している。

お母さんの顔が、
ブオー。
僕の顔に向かって、
ブオー。

僕にはそれが面白かった。
でも、そのお母さんの顔がブオーとなる行為は、
お母さんにとってはどうやら面白くないことらしかった。

だから僕はいつもお母さんの耳を見るようにしている。
耳の渦巻きを見ながら聞くお母さんの話はまるで、
でんでん虫が歌うようで右の脇腹がくすぐったい。

ミノリの声は、鏡子には届かない。

鏡子　ミノリ。どうしてお母さんの目を見てくれないの?

ミノリ、鏡子の顔に手を伸ばし、

ミノリ　それはね、お母さんの目が、どこにあるか分からないからだよ。

ミノリ、その場に寝転んでしまう。

ミノリ　そう伝えたかったけれど、でんでん虫のツノがニョキニョキと邪魔をして、僕はうまく言葉にできなかった。

# 三

二〇一六年　二月六日　午後二時四十分
ミノリ、一歳六ヶ月

一歳半健診の会場。
整理番号を呼ぶ保健師たちの声、幼児と母親たちのざわめきが聞こえる。
鏡子は整えられた艶のある長い髪をおろし、皺のない清楚なシャツワンピースを着ている。
ミノリもまた、清潔感のある洋服を着せられている。
エプロンを着用した保健師がせわしない様子でやってくる。

**保健師**　(ミノリに向かって) どうも、こんにちはあ。(手元の問診票を見ながら) えっとー、ミノルくん、かな?
**鏡子**　あ、いえ、ミノリです。
**保健師**　あ、すいません。(もう一度、ミノリに向かって) ミノリくーん、こんにちはあ。

ミノリ、鏡子の膝の上から降りようとジタバタする。

**ミノリ**　んーーーー!
**鏡子**　あ、こらミノリ。降りない降りない。お母さんのとこいて。
**保健師**　ふふふ、暴れん坊だねえ、元気元気ー。
**鏡子**　なんかすいません。
**保健師**　健診、いっぱい待たされて飽きちゃうよねえ。ふふふ、やだやだ。

ミノリ、暴れて鏡子の膝から降りる。

**鏡子**　だめだめ! 座って、ほら。

ミノリ、無視してその場でフラフラと足踏みをしている。

**鏡子**　ミノリ、座りなさい!

鏡子、ミノリの腕を無理やり引っ張る。

保健師　あ、お母さん、そのままで大丈夫ですよ、大丈夫。
鏡子　すいません。
保健師　（ミノリに向かって）すぐ終わるからねえ。待っててねえ。

ミノリ、足踏みを続けている。

保健師　歯科検診の方は終わりましたよね？
鏡子　はい終わりました。
保健師　（何か書き込みながら）診察の方も、
鏡子　終わりました。
保健師　うん、どちらも良好ですねー。うんうんうん。

保健師、ページをめくる。

保健師　あれ、

保健師、表情を硬くする。

保健師　……ミノリくん、発語は全くないんですか？
鏡子　あの、それが、はい。
保健師　全く喋らない？
鏡子　はい、そうなんです。
保健師　喃語《なんご》は出てます？
鏡子　それは、はい、出てます。
保健師　アーとかウーとか。
鏡子　あ、はい、
保健師　ダアとかバアとか。
鏡子　そうですね。
保健師　名前を呼ぶと振り返ったりはしませんか？
鏡子　いや、それが、呼び掛けても、ちゃんとした反応があまりなくて。
保健師　聴力検査には引っかかったことはないですよね。
鏡子　はい、特には。
保健師　指差しなんかはします？
鏡子　え？
保健師　あのー、絵本読んであげるとお気に入りの動物を指差すとか。

鏡子　……しないです。

保健師　なるほどなるほど。お母さんとしては、ちょっと不安ですよね。

鏡子　そうですね、他の子たちと比べたら、成長が遅いのかなって。

保健師、ミノリに向かって手を振る。

保健師　おーいミノリくーん。今日はいーっぱい検査して、大変だったねえ、頑張ったねえ。

ミノリ、少し保健師の方を見て、ニコニコする。

保健師　あら、笑ってくれた。ご機嫌なんだねえ。

ミノリ、再びフラフラと足踏みを始める。
保健師、しばしミノリの様子を見つめる。

保健師　ミノリくんは、健康面や運動能力の面では問題ありません。情緒面でもぱっと見は安定しているように思います。

鏡子　はい。

保健師　確かに、発語の面では平均より少し成長の遅れが見られます。とはいえ、乳幼児の成長のスピードって、本っ当にそれぞれなので、今日できなかったことが明日できるようになったりする、なんてことがよくあります。なので、もう少しゆっくり、様子を見ていきましょう。

# 四

同日、夕方。鏡子たちの自宅。
ダイニングテーブルで家族が夕食をとっている。
ミノリ、ご飯をこぼしたり投げたりして遊んでいる。

鏡子　あーもう、ほらほら。ご飯でイタズラしないのー。

鏡子、テーブルや床を拭き、野菜を食べてもらおうとスプーンをミノリの口に運ぶ。自分の食事はほとんど進まない。

鏡子　ミノリってわりと手がかからない子でしょ。だから油断してたっていうか、

治　あれ、醤油どこだ。

鏡子　（立ち上がりながら）あ、ごめん、冷蔵庫から出してないや。

鏡子、冷蔵庫に醤油を取りに行く。

治　ミノリは大人しい方だからな。

鏡子　よく寝るし、育てやすい子ですねえって言われるし、

治　親孝行な子ですねーとか。

鏡子　そうそう、だからなんか安心しちゃってたんだよね。

鏡子、食卓に戻り、治に醤油を渡す。

治　でも、成長が標準より遅いってのは、前から話してたじゃん。

鏡子　そうなんだけどね。一歳近くまでハイハイしなかったし。

治　（醤油をかけながら）マイペースな子なんだよ。

鏡子　なんだかねえ。のんびり屋っていうか。

治　（醤油を差し出して）いる？

鏡子　いや、いい。

治　え、湯豆腐、醤油かけないの。

鏡子　薬味だけでいい。

治　塩っ気いるでしょ。豆腐だよだって。

鏡子　（治の小鉢を見て）ちょっと、かけすぎじゃない。

治　そう？

鏡子　また健康診断引っかかるよー。

二人、湯豆腐を食べる。

ミノリ、スプーンでテーブルを叩いて遊んでいる。

治　お、いいぞ、ミノリはドラマーになるのかあ？

ミノリ、手が滑りスプーンが床に落ちる。

鏡子　はいはい。拭くからねー。

鏡子、スプーンを拾い、ウェットティッシュで拭く。

ミノリ、スプーンを欲しがりグズる。

**ミノリ**　あ、あー、あー！

**鏡子**　わかったわかった、はいほら。

鏡子、ミノリにスプーンを渡す。

**鏡子**　保健師さん、問診票見てさ、一瞬顔が固まったんだよ。「え、発語ないんですか？」って、かなりびっくりしてて。確かに周りにいる子たち見ても、結構しっかり言葉出てたんだよね。二語文話す子もわりといた。

**治**　何、二語文って。

**鏡子**　単語一つじゃなくて、「ジュース・飲む」とか「にんじん・いや」とか二つの単語で話せるの。

**治**　ある程度、会話できるようになるってことか。

**鏡子**　今まであんまり気にしてなかったけど、他の子どもたち見てちょっと不安になっちゃった。

**治**　え、一歳半で言葉が出ないって、そんな異常なの？

**鏡子**　まあ二歳くらいまで喋れない子もいるにはいるらしいけど、

**治**　じゃあ、大丈夫じゃん。

**鏡子**　あ、ひじき出すの忘れてた。

鏡子、立ち上がって冷蔵庫へ。

**鏡子**　食べるよね？　昨日のひじき。

**治**　あれば食べる。

鏡子、ひじきを手に食卓へ向かう。

**鏡子**　とりあえず、これから三ヶ月にいっぺん、乳児相談に行くことになったから。

**治**　大げさだと思うけどなあ。

**鏡子**　だってこのままほっといたら、三歳まで健診ないんだよ。

**治**　ま、みてもらった方が安心ならいいんじゃない。

鏡子、突然、へっぴり腰になって、

鏡子　あ、ちょっと、やばい。
治　え何、どうしたの。
鏡子　(股間を押さえる) おしっこ漏れそう。
治　また?
鏡子　(ゆっくり椅子に座りながら小声で) あー……やばいやばい
……

鏡子、座面に局部を擦り付けるようにして腰を動かし、悶えている。

治　トイレ行ったら?
鏡子　違う違う、おしっこ漏れそうなんだって。
治　いやだから、
鏡子　歩いたらもう出ちゃうから、一旦座って、こう……
治　食い止めてんの?
鏡子　(イライラして) そう!
治　男の方がさ、女より長くおしっこ我慢できるっていうよね。
鏡子　(話を聞いていない) うー漏れそう。
治　男って括約筋が強いうえに、尿道が女の四倍くらい長いらしいよ。
鏡子　(まだ悶えている) あー……
治　男っておしっこ途中で止められるじゃん、女ってそれできないんだよね。
鏡子　うるさいちょっと黙って! 今こっちおしっこ止めるのに集中してるじゃん!
治　あ、ごめんごめん。(ミノリに向かって) 母ちゃん怖いねー。
鏡子　「母ちゃん」じゃなくて「お母さん」でしょ。(急に立ち上がり) ふー、危なかった。

鏡子、トイレへ向かう。

治　お母さんもオムツ穿けばいいのになー。
ミノリ　(特に治の方を見るでもなく) ぶ、ば、あー。

治、納豆のパックをかき混ぜ、黙々と食事。

鏡子、トイレから戻る。

鏡子　なーんか尿漏れが激しいんだよね。ミノリ産んでからずっと。

治　病院、行ったら?

鏡子　うーん、産後って骨盤の筋肉がダメージ受けるから、尿漏れはよくあるらしいんだよね。だから自然に治るかなって。

治　えー?　でも産んでもう一年半じゃん。

鏡子　そうだけど……泌尿器科行くのちょっと恥ずかしいし。

治　そうも言ってられないでしょうが。(大袈裟に)問題から目を背けてると、悪化して取り返しのつかないことになるよ。

鏡子　怖いこと言わないでよ。

鏡子、食事を再開する。

鏡子　で、さっきの続きだけど、乳児相談に行くだけじゃなくて、もっと何かミノリの刺激になるような、評判のいい親子教室だとか、ことばの教室に連れてった方がいいと思うの。ちょっと月謝は高いけど。

ミノリ、皿をひっくり返し、ご飯がテーブルや床に散らばる。

鏡子、少し苛立ち、

鏡子　あ!　ちょっと!　もー。

鏡子、テーブルや床を片付けながら、

鏡子　まだまだ一人で食べるのは難しいもんねえ。

鏡子、ミノリの口をウェットティッシュで拭き、

鏡子　ミノリはいい子、いい子。

鏡子、スプーンでミノリに食事を与える。

治、黙々と食事を続けながら、

治　えー、いくらなんでもさ、教室通うとかそこまでしなくてい

鏡子　いんじゃない？　保健師の人はゆっくり様子見ていきましょうって言ってたわけだし。できることは今のうちに始めておいた方がいいと思うんだよね。

治　そんな焦らないで平気だって。

鏡子　問題から目を背けると取り返しつかなくなるんでしょ。

治　それとこれとは別。あんまり不安になって慌てるのはよくないって。何かしらの障がいがあったとしても、それって急に治せるようなもんじゃないんだから、大らかにさ、楽観的に構えてた方がいいよ。

鏡子　そうだけど……。

治　第一、今のミノリに、そんな障がいがあるようにも見えないだろ？　ただ成長がゆっくりなだけだよ。（ミノリに向かって）なー、ミノリー。

ミノリ　（ご飯を手摑みしながら）あっ、あーーー。

# 五

二〇一七年　八月九日　午前十時三十九分

ミノリ、三歳

児童相談所のエントランス。

ミノリ、耳をつんざくような金切り声を発し、寝転び暴れている。

ミノリ　キーーーー！

鏡子　ミノリ、ミノリ！

鏡子、ミノリを抱こうとしゃがみ込んでいる。

老け込んだ鏡子、艶のないざんばら髪を後ろで束ね、よれよれのTシャツとチノパンを着用。ひどくみすぼらしい姿に見える。

ミノリ　あ、あ、キァーーーー！

ミノリ、自分で頭を殴り始める。

**鏡子**　頭叩かない！　そんなことしたら痛いでしょ！

ミノリ、更に床に自分の頭を打ち付け始める。

鏡子、ミノリを必死に抱き抱える。

**鏡子**　ミノリ、ミノリ！　大丈夫だから！

児童福祉司、小走りで駆け寄ってくる。

**福祉司**　大丈夫ですか！

鏡子、ひたすら謝る。

**鏡子**　すいません、すいません。

**福祉司**　いえいえ、そんな、

**鏡子**　すぐ静かにさせますから。

**福祉司**　いいんですよ。ちょっと今、クッションになるもの持ってきます！

**鏡子**　ごめんなさい。

児童福祉司、小走りで去り、慌てて座布団を持って出てくる。

**福祉司**　これ良かったら。

**鏡子**　ご迷惑おかけしてすみません。

**福祉司**　そんなこと気にしないでください。

ミノリ、脚をバタバタさせているが、徐々に落ち着いてくる。

**福祉司**　お怪我ないですか。

**鏡子**　すみません。大丈夫です。

**福祉司**　あ、もしかして、ミノリくん？　ですかね？

**鏡子**　はい、そうです。

**福祉司**　今日、担当させていただきます児童福祉司です。

鏡子　あ、よろしくお願いします。なんかごめんなさいこんな状態で……

福祉司　いやいや本当に、お気になさらず。時間はありますので、ゆっくり落ち着いてから始めましょう。慌てないでいいですから。

鏡子　すいません、ありがとうございます。

福祉司　あちらの部屋でお待ちしてますので。

近くの高速道路から聞こえる走行音が、頭を締め付けるような苦痛をミノリに与えていた。走行音は静かな地響きと共にやってくる。いつもなら脳内で整備されるはずの音の流れが氾濫し、そのまま洪水となってミノリを飲み込んでしまう。三半規管が機能しなくなり、重力を失ったかのように体がふわりと浮かび上がる。彼にとってそれは恐怖だ。重力を失うと、体がバラバラになって四方八方に飛び散ってしまうのではないかと不安になる。自分を失ってしまう恐ろしさ。それを彼は、必死に食い止めようとした。頭を床に打ち付け、物理的な衝撃を与えることで、バラバラになりそうな自我を取り戻そうとしたのだ。

鏡子、やっと落ち着いたミノリを抱きかかえ、面談室に入る。

福祉司　あ、どうぞ、お座りください。

児童福祉司、椅子を引いて案内する。

福祉司　大変でしたね。大丈夫でしたか？

鏡子、顔の汗を拭う。

鏡子　あ、はい、なんとか……

福祉司　（ミノリに向かって）ちょっと疲れちゃったかな。この暑さだもんね。

鏡子　……急に暴れ出して。すみませんでした。

福祉司　仕方ないですよ。場所見知りはよくあることですから。（リモコンを手に取り）ちょっとエアコンの温度下げますね。

疲れ切った鏡子、膝に座るミノリの背中をゆっくり撫でている。その手つきは、愛情がこもっているというよりは、義務的でオートマチックな動きである。

児童福祉司、資料に目を通しながら、時々メモを取りつつ話を続ける。

福祉司　ミノリくんは、今「あおぞら療育園」に通われてるんですよね。

鏡子　あ、はい。

福祉司　いつから通われてましたっけ?

鏡子　え、あ、えっと……

鏡子、頭が回らず、言葉が出てこない。

福祉司　ちょうど二歳になってから、くらいですかね?

鏡子　あ、はい、多分。すみません。最近すごい忘れっぽくて。

児童福祉司、鏡子の疲労を察して、

福祉司　大丈夫です大丈夫です。すいません、こちらもお答えしやすいようにお話ししますね。

鏡子　ごめんなさい。

福祉司　いやいや。えっと、一歳半健診で一度、言葉の遅れを指摘されていたようですね。

鏡子　はい、そうです。

福祉司　それから何回か乳児相談に行って様子を見ていたと。

鏡子　……はい。

福祉司　その後、二歳になって発語がまだなかったとのことで、ことばの教室に行くようになった。

鏡子　はい。

福祉司　そこで療育をすすめられて、その後すぐ自閉スペクトラム症と診断を受けた、という流れで間違いないでしょうか。

鏡子、発達の遅れを呑気に構えていた頃を思い出し、再び黙り込んでしまう。

児童福祉司、鏡子の様子を見て、

福祉司　すみません。ゆっくりお話ししますね。

鏡子　……あ、ごめんなさい。
福祉司　先ほどのミノリくんを見ると、自傷が結構大変なようでしたね。
鏡子　あ、はい……
福祉司　普段もそういった行為はよく見受けられますか？
鏡子　えっと……
福祉司　慌てず、ゆっくりお話ししていただいて大丈夫ですから。
鏡子　はい、すみません。

鏡子、俯いて、言葉を絞り出すように、

鏡子　頭を叩く行為は、パニックを起こすと、よくやります。
福祉司　なるほど。それでは、他害はどうでしょうか。
鏡子　あ、そうですね、えっとー……

児童福祉司、ゆっくり相槌しながら、鏡子の言葉を待つ。

鏡子　そんなに多くはないですが、噛まれることが、時々。
福祉司　そうなんですね。例えば、療育園での様子はどうでしょうか？
鏡子　療育園……
福祉司　お友達と遊んだりとか、
鏡子　や、黙々と一人で遊びます。
福祉司　なるほど。
鏡子　一人遊びの方が好きみたいで。
福祉司　ご自宅での様子はいかがです？
鏡子　家でもそうです。
福祉司　お母さんと遊んだりとかは。
鏡子　……遊んであげようとしても、無視されます。
福祉司　そうなんですね。
鏡子　他人に興味を持とうとしなくて……

鏡子、再びしばし俯いて、

鏡子　……私の育て方が間違っているのかもしれません。
福祉司　お母さん、それは違います。育て方は関係ありません。発達障がいは先天的な脳機能の問題です。生まれつきのものなので、しつけや愛情の問題ではありません。お母さんはよく頑張っています。

鏡子　……ありがとうございます。

福祉司　ですから、あまり抱え込みすぎないでくださいね。

鏡子　……はい。

鏡子、涙ぐむ。

児童福祉司、優しく微笑んで見せてから、資料を読むふりをする。

鏡子、涙を拭いた後、少し背筋を伸ばす。

福祉司　すみません、もう少し、質問させていただいても大丈夫でしょうか？

鏡子　はい、すみません、大丈夫です。

福祉司　ミノリくんは、お父さんとの関係性はどうでしょう？

鏡子　お父さん……

福祉司　はい。

鏡子　確か、二歳くらいから、夫を拒否するようになりました。

福祉司　どんな風に？

鏡子　抱っこしようとしたり、あやそうとして近づくだけで嫌がるんです。

福祉司　仕事で家をあける時間が長いせいでしょうね。パターン化を好む傾向がある子は、いつも側にいてくれるお母さん以外の人が構おうとすると、嫌がって受け付けないというのは、よく聞きます。

鏡子　そうなんですね……

福祉司　お父さんを拒否するとなると、お母さんが付きっきりで見てあげなきゃいけなくなるので大変ですよね。

鏡子　まあ、でも、私がしっかりしないと。

児童福祉司、少し咳払いをして、

福祉司　……えっと、あの、お子さんの経過については大体把握できたかと思うんですが、

鏡子　はい。

福祉司　お母さんは、どうです？　毎日、ミノリくんとべったりかと思うのですが、育児やその他の生活面で不安なことなどありませんか？

鏡子　なんていうか……

福祉司　はい。
鏡子　こんな漠然とした話でいいのか……
福祉司　大丈夫ですよ。不安なことがあれば何でも言ってください。
鏡子　私はこの子にとって……
福祉司　はい。
鏡子　ミノリにとって私は、どういう存在なのかな、と。

沈黙。

福祉司　お母さん、無理のない範囲でいいんですが……もう少し、詳細にお話しできますか？
鏡子　えっと、たまに分からなくなるというか……不安になることがあります。
福祉司　なるほど。
鏡子　普通の……あ、いや、定型発達の子みたいに、甘えてきたり頼ってきたりっていうことがないので、
福祉司　ええ、ええ。
鏡子　私を母親と認識していないんだなって、突きつけられる感じが、

福祉司　あー……
鏡子　ちょっとふとしたときに、虚しい、というか、はは……

鏡子、乾いた笑いが出る。
「虚しい」という言葉が思いのほか悲痛に響き、それを覆い隠し和らげるための、弱々しい笑いである。

福祉司　なるほど、はい、お辛いですよね。
鏡子　あ、や、すみません。
福祉司　いやいや。
鏡子　何のために、私は、

鏡子、再び言葉を失い沈黙する。
すると鏡子の母が登場し、彼女に接近して、そのまま立ち尽くし見下ろしている。

鏡子　私なんかいなくてもいいんじゃないかって、思うときがあります。
母　あんたなんかいなくてもいいのよ。

鏡子、過去がフラッシュバックする。

母　私の言うことなんて何にも聞きゃしないじゃない。いっつもぼーっとして、全く何考えてんだか……。ねえ聞いてる？

鏡子　……はい。

母　さっきね、学校から電話があったの。鏡子、あんた今日学校行ってないんだって？

鏡子、何も答えられない。

母　学校行かなかったのかって聞いてんの！

母、鏡子の頭を叩く。

鏡子　……はい。行きませんでした。

母、舌打ち。

母　お父さんが帰ってきたら報告するからね。

鏡子　……

母　昔っからそうなのよあんたは。なんかあればすぐ逃げ出す。何が不満なの。中学生にもなって恥ずかしくないわけ？

鏡子　……すみません。

母　人の話は聞かない。何度やれって言ってもやらない。部屋に閉じこもって絵を描いてると思いきや、すぐフラフラと外ほっつき歩いて。そんなんでまともな大人になれると思うの？

鏡子　……ごめんなさい。

母　ごめんなさいじゃなくて。今日はどうして学校に行かなかったの。

鏡子　……お腹が。

母　え、何？

鏡子　お腹が痛くて、学校に行けませんでした。

母、鏡子の頭を二、三度激しく叩く。

母　またそんな適当なこと言って！　いい加減にしなさいよ！

鏡子　……ごめんなさい。
母　どうせ勉強したくないだけでしょう！
鏡子　……違う。怖いから。学校が怖いから。
母、諭すような声色に変わり、
母　それはね、あんたが真面目に取り組まないからよ。だからみんなからも馬鹿にされんのよ。そんなんじゃ友達もできないに決まってるじゃない。ちゃんとしなさい。もう小学生じゃないんだから。
鏡子　……はい。
母　全く。何度も言わせないでよこんなこと。
鏡子　……ごめんなさい。
母　で、学校行かずに、どこに行ってたの。
鏡子　……相模川の、河川敷。
母　え、ずっと？
鏡子　……うん。
母　そんなとこで何してたの。
鏡子　音、聞いてた。
母　なんの。
鏡子　川。
母　なんで。
鏡子　お腹、痛くなくなるから。
母、大きな溜め息。
母　まともじゃないよ、あんた……
鏡子　……
母　あんたみたいにその場限りの気分でのらりくらり生きてるような人間にはね、生きてる価値なんてないの。わかる？
鏡子、記憶を打ち消そうと、強く目を閉じる。
母　お母さんはね、鏡子のためを思って言ってるのよ。
母、鏡子を後ろから抱き締める。
鏡子、逃げられない。

父と母が激しく怒鳴り合う声が聞こえる。

父　お前がちゃんと見てないからだろ！
母　あんたに何がわかんのよ！　ろくに家に帰って来ないくせに！
父　お前のなあ、そういう態度が鏡子に悪影響なんだよ！
母　そうさせてるのは誰よ！　あんたは育児に協力なんかしたことないじゃない！
父　誰のおかげで飯食えてると思ってんだ！　俺は毎日毎日必死に仕事してんだよ！　お前は呑気に主婦やってるだけだろ！

母、グラスを投げる。それが壁にぶつかり割れる音。

母　仕事仕事ってそればっかり言って！　あんただって毎日呑気に飲み歩いて遊んでんじゃないのよ！　家族のことなんか何にも考えたことないじゃない！
父　お前はほんっとに、
母　ちょっと、何、

父、母を殴る。母が食器棚にぶつかる音。

父　いい加減にしろ！　お前がそうやってヒステリックに喚き散らしてるから鏡子はああなったんだよ！　お前の責任だろうが！
母　私のしつけのせいにするだけじゃないあんたは！
父　そうだよ子どもを教育するのは母親の務めだろ！

鏡子、目を見開いて、その場に固まっている。

福祉司　あの、あの、大丈夫ですか？

児童福祉司、鏡子の様子に動揺している。

鏡子　……あ、

母、鏡子から離れ、去っていく。

福祉司　随分、お疲れのようですね。

鏡子　すいません、なんか私、今、

福祉司　今日はもう切り上げましょう。

鏡子　いや、

福祉司　無理は良くないですから。

鏡子　すいません、大丈夫です。

福祉司　お母さん。今はお子さんのことよりも、ご自身の休養を優先した方がいいかもしれません。

鏡子　はあ。

福祉司　レスパイトケアを行っている施設をご紹介できたらいいのですが……

鏡子　あ、え？

福祉司　や、すみません。また後日、こちらからご案内させていただきますね。もちろん、お母さんも何かあればいつでもご連絡ください。

児童福祉司、資料を持って立ち上がる。

鏡子　……いえ、こちらこそ、すみません。

鏡子、ミノリを膝から下ろして立ち上がり、手を繋ぐ。

福祉司　とんでもないです。こちらこそ、わざわざ足を運んでいただいて。

児童福祉司、出口まで付き添う。

福祉司　（手元の資料を見て）あれ、今日は、

鏡子　はい？

福祉司　ミノリくんの誕生日なんですね！

鏡子、表情が陰り、

鏡子　そうなんです。

福祉司　（ミノリに向かって）ミノリくん三歳になったんだね。おめでとう。今日はおうちでお祝いかな。

ミノリ、児童福祉司の顔を不思議そうに見つめる。

# 六

同日、夕方。自宅のダイニングテーブルに、ローソクが三本立ったバースデーケーキが置いてある。
鏡子、テーブルに肘をつき、ケーキを眺めている。その近くで、ミノリは熱心にひとり遊びをしている。

チャイムの音。

鏡子、チャイムの音に気付かず、思い詰めた表情で一点を見つめている。
数回目のチャイムではっとして玄関へ向かう。

同胞1　どうも、こんばんは。

同胞1、深々とお辞儀をする。

鏡子　（戸惑いつつ）……あ、どうも。
同胞1　今、お時間、大丈夫ですか？

同胞1、バッグから何かを取り出そうとする。

鏡子　えっと……
同胞1　あ！　怪しい営業とかそんなんじゃありませんので、ご安心ください。
鏡子　や、あ、ごめんなさい。ちょっとこれから食事の時間で、
同胞1　（食い気味に）あ、もうそんな全然、お構いなく。私は今食べてきたばかりですのでもうお腹いっぱいで。
鏡子　え？　あ……そうなんですね。
同胞1　ねえ、おたく、小さな男の子いらっしゃるでしょう？

同胞1、笑みを浮かべる。

鏡子　……え？

鏡子、少し警戒する。

同胞1　あ、ほら、玄関の前にベビーカーが。

鏡子　あ、

同胞1　ベビーカーの脇に青い恐竜ちゃん柄のベビーシューズがぶら下がってたもんだから。

鏡子　あ、ああ、なんだ、それで。

同胞1　ごめんなさい、怖がらせちゃって。

鏡子　いえいえ。

同胞1　（しみじみと）子どもはねえ、いいですよねえ。

鏡子　……はい。

同胞1　なんっていうか……

間。

同胞1　かわいい！！

鏡子、同胞1の声に少し体がびくつく。

同胞1　世界一！　この世の宝！　そうでしょう？　お母さんなら尚更ねえ。

鏡子　は、はい。

同胞1　でも孤独な育児の中、子どもをかわいいと思えない、そんなこともあるでしょう？

沈黙。

鏡子　まあ、たまに、そういうこともあるかもしれません。

同胞1　それはね、あなただけじゃないの。

鏡子　はあ。

同胞1　世界中のお母さんはみーんなそう。だから安心して。

鏡子　……そうですよね。

同胞1　私も小学生の子どもがいてねえ、

鏡子　へえ。

同胞1　イヤイヤ期のときはそれはそれはもう苦しんだわ。育児鬱で精神科に入院したことだってあるのよ。

鏡子　そうなんですか。

同胞1　今はもう笑い話だけど、死んでしまおうかしらなんて思うようになって。

鏡子　えー。

同胞1　そこまで追い詰められていたのね。育児をしていく自信を失ってしまったというか、生きる気力を失ってしまったというか。あのときはもう地獄。入院するにしても、こんな小さな我が子を置いていくなんて母親失格なんじゃないかって更に悩んじゃったりして。

鏡子　それは大変でしたね……

同胞1　あらやだ、私ったら自分の話ばっかり。

鏡子　いえいえ、そんな全然。

同胞1　世の中はね、「母性本能」なんて言葉を作り出して、女性は子どもを産めば誰でも育児を全うできる、無償の愛を注ぐことができるって決めつけてるでしょ。

鏡子　ええ、ええ。

同胞1　でも、それは違うのよ。「母性本能」なんてものは存在しないの。それは子育てを女性に押し付けるために生み出された、男社会にとって都合の良い価値観なのよ。

鏡子　はあ。

同胞1　それに今は男性が育児する家庭もあるしね。そんな男性を追い詰める言葉でもあるわね。「母親でない僕には全うな子育てができないのか？」ってね。

鏡子　なるほど。

同胞1　じゃあ問題は、養育者はどうやって子どもと愛着形成をしていけばいいのか。そこよね。

鏡子　そうですね。

同胞1　今から、大事なことを言います。よく聞いてください。

鏡子　わかりました。

同胞1　それはね、「オキシトシン」です。

鏡子　え？　オキ？

同胞1　オキシトシン。

鏡子　オキシトシン。

同胞1　親子の愛着形成を築くには、オキシトシンという脳の下垂体で分泌されるホルモン物質が重要なんです。ポルトガルのとある研究チームが、ラットを使ってある実験をしました。まずオキシトシンが分泌されているラットと、オキシトシンの分泌を阻止したラットを用意し、それぞれの子どもと二人きりにします。そして両方に、ラットが本能的危機を察知する物質を置きました。するとどうでしょう。オキシトシンが分泌されているラットは危機物質そのものに噛み付いたり、お腹に子どもを抱えグルーミングしたりと、子どもを守る行動をとりました。しかしです。オキシトシンの分泌を阻止した

鏡子　ラットは危機物質に怯えフリーズしたまま、子どもを守る行為をとらなかったのです。

同胞1　なるほど。

鏡子　つまり、オキシトシンが脳でうまく分泌されれば、子どもと愛着を築くことができる。

同胞1　そうですね。

鏡子　では問題です。オキシトシンはどうすれば分泌できるでしょう。

同胞1　……あ、え、なんだろう、すいません、ちょっとわからないです。

鏡子　それはね、リラックスすること。例えばゆっくりお風呂に入るとか、人との触れ合い、つまりスキンシップなんかもいいわね。

同胞1　あー、意外と普通の、

鏡子　あともう一つ。重要な方法があります。

同胞1　あ、はい。

鏡子　悩みや苦痛を抱えた人々と接すること。お互いの痛みを分かち合い、そして互いに慰め癒し合うことで、オキシトシンは爆発的に分泌されるのです。

同胞1　へえ、そうなんですね。

鏡子　それで本題なんだけどね。毎週月曜金曜に、って平日午前になっちゃってごめんなさいなんだけど、よかったら、この「朝日を浴びる会」、通称「アサアビ会」に参加してみません？

同胞1、「アサアビ会」のパンフレットを渡す。

同胞1　ありがとうございます。

鏡子　パンフレットだけでも読んでみてね。私の連絡先はここ。きっとあなた、本能で求めてるはずだから。

同胞1　でも、ちょっと夫に相談してみないと、

鏡子　いいの、いいの。夫なんて。そんなのほっときなさい。

同胞1　あ、そっか。はい。

鏡子　私のように自殺未遂して入院させられたら大変よ。そうなってからじゃ遅いでしょ？

同胞1　あ、そっか、はい。

鏡子　私わかるんです。あなたには、神の救いが必要ってことが。

リビングの方から、ミノリの叫び声が聞こえる。

ミノリ　キーーーー！　アーーーーーー！

同胞1、驚く。

鏡子　あ、すみません驚かせて。うちの子、自閉症なんです。

同胞1　あら、そうなの。突然お邪魔しちゃってごめんなさい。

鏡子　（お辞儀しながら）いえ、ありがとうございました。

同胞1　（お辞儀しながら）こちらこそ。またお会いできたら。

同胞1、去る。

鏡子、慌ててリビングへ向かう。
リビングでは、ミノリが扇風機を食い入るように見つめている。

ミノリ　ヒィ！　ヒィ！　ヒィ！

扇風機の羽根の回転が楽しくて興奮している。
鏡子、溜め息をつく。

鏡子　ミノリ、あんまり大きい声出さないよ。

ミノリ、扇風機をバシバシと叩き出す。

鏡子　こら、やめてミノリ！　だめ！　扇風機触らない！

鏡子、ミノリを制して扇風機を遠ざける。

ミノリ　キー！　キー！

ミノリ、癇癪を起こして、地団駄を踏む。

鏡子　ごめんごめん、でも危ないから！　扇風機に指入れたら怪我しちゃうんだよ！

ミノリ、暴れ回る。

ミノリ　キァアーーーーー！

鏡子　ミノリ！　わかったから！　じゃあほら、コンセント抜けば危なくないから！　いいよ、ほら、触っていいよ！

ミノリ　キァアーーー！　キァアーーー！

ミノリ、奇声をあげ続ける。

鏡子　……うるさいなあ。

鏡子、その場でうずくまる。

ミノリ　ギーーー！　アァーーーーー！

鏡子、呟く。

鏡子　なんなのよ。私が何をしたっていうの。

ミノリの声はさらに激しさを増していく。
うずくまる鏡子、耳を塞ぐ。

ミノリ　ギアァァーーーーー！

こらえきれなくなった鏡子、扇風機を床に叩きつけて、

鏡子　うるさいうるさいうるさいうるさいうるさい！

鏡子、泣き叫ぶ。

叫び続ける二人。

ミノリ、そのうち叫び疲れてぐったりと寝転ぶ。

鏡子、息切らして、

鏡子　……悪魔。

ミノリ、動かない。

鏡子　私は、得体の知れない、負の塊を産んでしまった。この生き物は一切、私に心を許そうとしない。私を遠くへ跳ね除けようとする。何もかもお前のせいだと、突き刺すような目をぶつける。お前が無責任に産んで世界に放り出したばっかりに、不幸の全てが始まったと。

鏡子、手をついて、ふらつきながら立ち上がる。

鏡子　あ。

鏡子、その場で失禁する。衣服が濡れ、床には小さな水溜りができる。

鏡子　もう我慢できない。私はもう何も制御できない。私の股間は号泣する。私の臓器は重力に負けて垂れ下がり、水分がとめどなく私から流れ出ようとする。私の体はどんどん渇いていくばかりだ。私は、知らなかった。私の考えは甘かった。私はただ産んで抱き締めさえすれば、この子の人生は満たされるものと思った。でもそんなはずはない。私から生まれた子が、幸福になれるわけがない。

鏡子、ミノリに近づく。

鏡子　かわいそうに。

治、帰宅。
すぐに惨状を察知し、立ちすくむ。
鏡子、治に背を向けたまま、

鏡子　早く帰るんじゃなかったの。
治　……ごめん、残業だったんだよ。

**鏡子**　誕生日なのに。
**治**　うん、わかってる。携帯に連絡は入れといたんだけど……
**鏡子**　携帯なんて、見る暇なかった。
**治**　うん。
**鏡子**　一秒も。

治、散らかった部屋を片付け始める。

**治**　悪かったよ。

治、鏡子が失禁したことに気付く。

**治**　え、これ、
**鏡子**　おしっこ漏らした。

鏡子、力なく笑う。

**治**　タオル、タオル持ってくるから、すぐ脱いで、
**鏡子**　病院行ったよ、この前。
**治**　え、
**鏡子**　「骨盤臓器脱」っていうんだって。
**治**　何？
**鏡子**　なんか、膣？　の入り口から膀胱とか子宮とか、あと直腸とか？　そういう臓器が出てきちゃう障害なんだって。
**治**　い、痛みは。痛いんじゃないのそれ。大丈夫？
**鏡子**　出産の後遺症じゃないかって。（骨盤付近をさすりながら）このへんの筋肉とか神経が傷ついててね、骨盤が臓器を保つ機能が破綻してるらしいの。

治、急いでその辺のタオルで床を拭く。

**治**　どうやって治療するの？　入院とか手術が必要ならすぐにでも手続きしないと。
**鏡子**　私が入院なんかしたらこの子の面倒どうすんの。
**治**　そんなのどうにかするって。
**鏡子**　どこに預けられるのよ。ただでさえ自閉症なのに。
**治**　いいから。まずは自分の体のこと考えないと。

鏡子、テーブルに置かれたケーキを見つめる。

鏡子　こんな荒《すさ》んだ誕生日、惨めだよね。なんか笑える。

治　そんなこと言うなって。

鏡子　でも本当に惨めでかわいそうなのは、今日が自分の誕生日だってことも理解できてないことだけどね。

治　やめろよ。

鏡子　だってそうじゃん！　この子は三歳にもなって、一言も喋らない！　どんなに働きかけても、何も聞かない！　何も身につかない！　何したって無駄なの！

治　わかった。わかったから、ちょっと落ち着こうよ。な？　辛い気持ちは分かるけどさ、親がピリピリしてたらミノリも萎縮するよ。悪循環だよそれじゃ。仕方ないじゃん。ミノリはさ、もう、そういう子なんだから。この子はこの子のペースで成長すればいいんだよ。

鏡子　そうやって、あなたも全部私のせいにするんだ。

治　だから違うって。そんなこと言ってないだろ。

鏡子　全然違くないから。

治　いや違うよ。俺はただ、ミノリの障がいを受け止めようって言ってんだよ。

鏡子　あのね、この子の障がいと向き合ってないのはあなたの方だから。
あなたはいっつも正しいことを言うだけ。私とミノリが必要としてるのは、正しい意見とか、的確なアドバイスとか、そんなんじゃない。そんなの今は何の役にも立たない。そんなことぐらいあなただってわかってるでしょ。この家庭に足りないものは正論じゃないの。手よ、手。ただ手を貸して欲しいの。ただ私は協力して欲しいだけ。ミノリがパニックになったら怪我のないように、クッションを持って駆け寄るとか、必要があれば背中をさするとか、それでも駄目ならネットで「自閉症　パニック　対処法」とかで調べて、良さそうな対策を片っ端から実践してみるとか、そういう具体的な行動でもって、この子とちゃんと向き合って欲しいだけ。ずっと外野にいるのはなんでなの？　親になったのは私だけなの？　あなたの子どもなんじゃないの？

治　……悪かった。鏡子を責めるつもりはなかったんだよ。

治、恐る恐るミノリに近づき、寝そべっているミノリに触れる。

ミノリ、突然身をよじって嫌がり、再び癇癪が起こる。

治　俺じゃ手に負えないんだよ。ミノリはそもそも俺の手を必要としてないんだから。

鏡子　じゃあもういい。お風呂入って寝かしつける。

治　ケーキ、どうするの。

鏡子　いらない。

治　明日食べるか。

鏡子　無理だよ、真夏だし。それにこの子まったく、食べたそうにもしないんだから、食べるなり捨てるなり、もう好きにして。

鏡子、不機嫌なミノリを強引に抱き上げ、

鏡子　私にだって、手に負えないよ。

鏡子、去る。
取り残された治、大きな溜め息をつき、しばらくケーキを眺める。

幕

# 七

同年　十月十六日　午前十一時二分
ミノリ、三歳二ヶ月

宗教「アサアビ会」の集会。同胞たちが座って雑談している。

鏡子とミノリ、登場。
鏡子、以前の艶を取り戻し、長い髪が丁寧に結われ、いきいきとした表情をしている。

同胞1　（手招きして）鏡子さん！　こっちこっち！

鏡子、ミノリの手を引いて駆け寄る。

鏡子　この度は本当に、ありがとうございます。

同胞1　こちらこそ。もう感謝の気持ちでいっぱい。

司祭、厳かな雰囲気で登場。
高揚する同胞たち、拍手で迎える。

**同胞1**　あ、ほら、司祭さまがいらした。

鏡子たち、着席。

**司祭**　アサアビ会の皆さん、おはようございます。

**同胞たち**　おはようございます！

**司祭**　神にとって必要な存在となれるよう、あなた方を導くために今、私はこの「アサアビ会」という神聖なる場所で、こうしてあなた方ひとりひとりに、手を差し伸べています。これは私の使命であり、こうすることで私もまた、神にとって必要な存在であろうとしているのです。今日は、悪魔による災いで苦しんでいた同胞がまた一人、私たちの手によって救い出され、この場にやってきてくれました。鏡子さんです。さあ、お立ちなさい。みなさん、その喜びを分かち合うと共に、彼女の決心に拍手を送りましょう。

同胞たち、鏡子に熱い拍手を送る。

**司祭**　では、鏡子さん、悪魔から逃れた今の思いと、同胞へ誓いのスピーチを述べなさい。

**鏡子**　はい、司祭さま。ありがとうございます。

鏡子、深々とお辞儀をしてから、滔々と語り出す。

**鏡子**　子どもに発達障がいがあり、辛く苦しい日々を過ごしていました。私は、この子の障がいが私の責任であると思い込んでいました。自分を責めるだけの日々は、今思えば楽だったんです。ただ絶望に身を任せて沈んでいけばいいだけだから。でもあるとき、この子の人生はこの子のものでしかない、私にはどうにもできないって気付いたんです。私は親であって神様じゃない。この子の障がいを受け止めるには、ある意味突き放すことも大事なんだと、そう思ったんです。障がいがあっても、前を向いて生きていけるよう、神様のお導きに従いたいと思います。

**司祭**　鏡子さん、素晴らしいスピーチをありがとう。そして、おめでとう。あなたは救われました。この先、どんな悪魔が立ちはだかろうとも、揺るぎない同胞の支えがあれば、あなたは地獄に落ちることはありません。共に乗り越えてゆきましょう。皆さん、改めて鏡子さんの人生に、拍手を！

同胞たち、再び熱い拍手を送る。

鏡子とミノリ、同胞1の隣に着席。

同胞1　よかったわね、鏡子さん。

同胞1、感涙。

# 八

同年　十二月二十日　午後八時二十五分

ミノリ、三歳四ヶ月

鏡子、ダイニングテーブルに聖書に似た分厚い書物を置き、ロザリオのような数珠を手に巻いて、何かぶつぶつと唱えている。

リビングの様子はすっかり変わり果て、物が散らかり、ゴミが散乱している。

ミノリは相変わらずひとり遊びをしている。

治、帰宅。異様な光景をしばらく眺め、半ば放心している。

治　おい……

鏡子、反応しない。

治　おい鏡子、何やってんだよ。

鏡子、無視する。

治　聞いてんのか。

治、鏡子の肩を揺する。

治　鏡子お前、おかしいんじゃないのか？

鏡子、治の手を払い、

鏡子　ほっといて！

治　ほっとけねえだろうが！　お前、ミノリのことはどうした。療育園もちゃんと行ってないだろ。園とか児童相談所からも連絡来てるんじゃないのか。

鏡子　だって祈らないと！

治　え？

鏡子　祈りの時間が、足りないの！

治　お前、

鏡子　この子の将来のためには、幸福のためには、もっと祈りを捧げないといけないの！

治　優先順位が違うだろうが！　いいんだよ別に、お前の好きにしても。お前の気持ちが安定するなら、多少は変な宗教でも目を瞑ろうって、何も言わずに見過ごしてきたんだよ。でも今のお前はどう考えても狂ってるよ。子どものケアもせず外出もせず、家に閉じこもってブックサよく分かんない呪文言ってばっかでさ、

鏡子　呪文じゃない。「祈りの文《ふみ》」よ。

治　ふざけるな！　大体これいくらしたんだよ！

鏡子　……

治　いくらしたんだ。

鏡子　……十八万。

治　じゅ、え、おい嘘だろ。いい加減にしてくれよもう！　鏡子が辛いのはわかったよ！　でも辛いのはお前だけじゃないだろ。俺だって辛いし、何よりも一番辛いのはミノリだろ。ミノリが社会で生きていけるように、全力でサポートしていかなきゃいけないんだろ。お前がそんなんじゃ、もう終わりだよ。

鏡子　何、だったらあなたがどうにかしてくれるわけ？　ねえ、この子の障がいを今すぐなおしてくれるの？　この生活をリセットして、新しく、満たされた、何不自由ない幸福をもたらしてくれるの？

治　いやだからって、

鏡子　じゃあどうにかして！　悪魔の届かないところに連れてってよ！

治　だからってこれはねえだろうが！

治、分厚い聖書に似た書物をテーブルに叩きつける。

鏡子、思わず叫ぶ。

鏡子　（書物を大事そうに抱え）ちょっと、やめて！　神聖な書物なのよ！

ミノリ、泣き出す。

ミノリ　あー。あー。

二人とも、泣いているミノリを無視する。

鏡子　ねえ、ミノリを外に連れ出すと、いろんな人が冷たい視線を浴びせてくること、あなた知ってる？　見ず知らずのお婆さんに「ちゃんとしつけなさい」って言われたり、電車でおじさんに「うるせえ」って怒鳴られたときの私の気持ち、理解してるの？

治　わかってる、わかってるって。

鏡子　何なの、その言い方。

治　いやだから、鏡子が育児に苦労してるのは知ってるよ！

鏡子　そんな態度でいたら、そのうち天罰が下るんだから！

治　もうやめろ！　下らない宗教の話はするな！

二人の口論が徐々に激しくなる。

鏡子　じゃあどうして私を助けようともしないの！

治　だからしょうがないだろ！　ミノリは俺のこと受け入れようとしないんだから！

鏡子　受け入れられるように努力したらいいでしょ！

治　だからしてるって！

鏡子　してない！　してないじゃない！

鏡子、ほとんど理性を失い、ヒステリックに喚き散らす。

鏡子　ふざけないでよ！　あんたはそうやって口ばっかなのよいっ

つもいっつもいっつも！　服は脱ぎっぱなしで片付けない！　休みの日は寝てばっか！　掃除くらい手伝ってくれてもいいじゃない！　大体ね、私が一番怒ってるのは納豆よ！　納豆！　毎食毎食、馬鹿みたいに納豆食べて！　そう納豆のパックに付いてる小さいカラシ！　あれよ！　あのカラシの小袋！　あんたはあれをいつもテーブルに置きっぱなしにするの！　カラシが苦手だから！　別にいいわよカラシが苦手なら無理して使わなくても！　でもなんでそのカラシをテーブルに置きっぱなしにするの！

鏡子、椅子をなぎ倒し、テーブルに置かれたゴミや食器を勢いに任せて払いのけ、喚き続ける。

鏡子　気付いたらテーブルが小さいカラシの小袋ばっかりになってるとき、あたしはもう、もう全部が馬鹿馬鹿しくなるのよ！　こんな家にいるのが！　こんな環境の中、死ぬ思いで自閉症の子を育てるのが！　私は放置されたカラシの小袋とおんなじなのよ！　ミノリは私のことなんて母親だと思ってない！　あんたもそう！　私のことなんて家政婦か何かとしか思ってない！　どうして私ばっかりこんな目に遭うの！　どうして私ばっかり不幸なの！

鏡子、過呼吸になりながら、

鏡子　あなたがそうやって！　納豆ばっか食べて！　神を見下すから！　幸福がやって来ないのよ！

ミノリ、ひどく怯えて激しく泣く。

ミノリ　あー！　あー！

治、はっとしてミノリに駆け寄りなだめようと努めるが、ミノリは更に声を上げ嫌がり身をよじらせる。
鏡子、息を切らしてその場に座り込んでしまう。

治　きょ、鏡子。ミノリが、

鏡子、治とミノリを無視して「祈りの文」を開き、再びブツブツと喋り出す。

ミノリ　あー！　あー！

治、嫌がるミノリから離れる。

治　もう終わりだ。

鏡子、祈りに没頭している。

ミノリ、泣き叫んでいる。

ミノリ　あー！　あー！

治　何もかもおしまいだよ。

幕

## 九

二〇一八年　八月九日　午前十一時二十四分

ミノリ、四歳

「アサアビ会」の集会。

司祭・同胞たち・鏡子・ミノリがいる。

鏡子、スピーチの最中である。

鏡子　シングルマザーになって、バタバタと忙しい日々が続いていましたが、同胞の皆さんの応援と、何よりも神様の救いによって、ここまで耐え抜くことができました。

息子は最近、私と一緒にクレヨンでお絵描きをしたがります。私がお魚の絵を描いてあげると、その絵がスケッチブックから飛び出して、まるで空中を泳いでいるかのように「おさかな！」と言って追いかけるんです。以前は息子のこんな独特な振る舞いを見て、この子は普通じゃない、きっと死ぬまで苦労するだろうと思い、ただ辛く沈んだ気持ちになっていたのですが、今は違います。この子には今、どんな魚が見えているんだろうって、どんな海が広がっているんだろうって、そう考えるようになりました。息子の想像力に、息子の可能性に、純粋に感動できるようになったんです。

同胞たち、相槌をして鏡子の話に聞き入っている。

**鏡子** 今日は息子の、四歳の誕生日です。昨年は夫婦喧嘩で台無しにしてしまったけど、今年は素敵なバースデーにしてあげたいです。

**司祭** 素晴らしい。皆さん、逞しく生きる鏡子さんに拍手を！

同胞たちの、鳴り止まない熱い拍手。
鏡子とミノリ、同胞1の隣に着席。

**同胞1** 鏡子さん、本当に立派だわ。今度こそ幸せになりましょう。

**鏡子** (涙ながらに) 本当に、ありがとうございます。

同胞1、感涙。

**司祭** どんなに困難な状況でも、生き抜く術はあります。それにはまず孤独にならないこと。同胞と共に、苦しみを分かち合うのです。そして何よりも、神の力を信じること。神への強い信念さえあれば、道は自ずと拓けていくものです。
また、人生の苦しみは神から与えられた試練でもあります。お子さんが背負った障がいは、鏡子さんが前世で犯した罪への天罰と考えられます。片親となり不幸を与えられたお子さんもまた、神による試練です。私たちは多かれ少なかれ、神により試練を与えられている。そしてそれを乗り越えた者だけが辿り着ける場所があるのです。そこは幸福の光で満ち、その光は私たちを……

同胞の一人であるアヤカ、手を挙げる。

**アヤカ** あの、すいません。

**司祭** ……なんでしょう。

同胞たち、口々に呟く。「まだお説法の最中ですよ」「司祭さまがお話ししてくださってるというのに」「信じられないあれでも同胞なの」

**アヤカ** おかしくないですか、さすがに。彼女のお子さんに障がいがあることは、彼女の罪でもなんでもないでしょ。それに障がいがあることを「天罰」って。いやまじでそれ差別じゃないですか？　あとなんだっけ。片親の子どもは不幸？　でしたっけ？　え、言いましたよね？　それも差別ですよ。もう平成終わるんですけど。価値観アップデートされなさすぎじゃないですか？

同胞たち、騒然とする。

**司祭**　ちょっとあなた、慎みなさい。同胞の皆さんも静かに。私の教えに背くことは、神に背くことと同じですよ。

**アヤカ**　こんなのエセ宗教じゃん。

**同胞1**　なんてことを！

**司祭**　追い出しなさい！　今すぐ！　あなたはもう救いの道から外れました。今に天罰が下りますよ。

同胞たち、アヤカを羽交い締めにして連れ出そうとする。

**アヤカ**　ちょっとやめてよ！　警察呼ぶよ！

鏡子、ミノリをきつく抱きしめながらじっと怯えて動かない。

**アヤカ**　ねえ、あんた。鏡子だっけ。来なよ早く。こんなとこいちゃだめだよ。

アヤカ、戸惑う鏡子の手を引っ張る。

**同胞1**　鏡子さん、だめ！

同胞たち、アヤカから鏡子を引き離そうとする。

**アヤカ**　離してよ！

**同胞1**　鏡子さん、行ってはだめ！　そっちは破滅の道よ！

アヤカ、同胞たちを振り払い、鏡子の手を引いて外へと連れ出す。

# 十

集会所から逃げ出し、公園へ逃げ込んだ鏡子たち。
鏡子、アヤカ、息を切らしている。

アヤカ　ごめん、無理やり連れて来ちゃった。なんか勢い余って。
鏡子　あ、いえ、なんか、ただ、びっくりしちゃって……
アヤカ　（ミノリに向かって）ごめんねー、怖かったよねー。
　ミノリ、鏡子の抱っこから降りて、リズミカルに足踏みしだす。機嫌は良い様子。
アヤカ　だってさ、この子の障がいは誰のせいでもないでしょ？
鏡子　でも前世のことは、自分でも覚えてないし、司祭さまがああ言うなら……
アヤカ　ちょっと目、覚ましてよ。流されちゃだめだって。前世のことなんて誰も覚えてないよ。司祭さまだって知らない。
鏡子　そうだけど、もしこの子の障がいが罪への天罰なら、その罪を償わないと幸せにはなれないんじゃ……
アヤカ　あのさ、私、シングルマザーなんだよね。
鏡子　え、
アヤカ　だから尚更ムカついちゃって。私は、自分がシンママだからって娘が不幸とは思ってない。
鏡子　うん。
アヤカ　勝手に不幸なんて決めつけられたくない。大体、あいつらの神様はもう信用できない。や、世界中にいろんな神様がいてそれぞれの信念があるのは良いとか悪いとかじゃなくて当たり前のことなんだけどさ、でもあれは、私たちに対する偏見だしひどい差別だよ。それを受け入れてまで私はあんな宗教信じたくない。
鏡子　あの、なんで最初「アサアビ会」入ろうと思ったの。
アヤカ　不安だったから。鏡子もそうでしょ。孤独な育児って頭狂いそうになるじゃん。だから神様にすがりたくて。そうしないと正気でいられなかった。
鏡子　うん、わかるよ。
アヤカ　正気でいられるなら何に縋ってもいいと思うんだよ。
鏡子　そうだよね。
アヤカ　でも「アサアビ会」はもうだめだ。

鏡子　また正気でいられなくなったらどうしようって、思わない？
アヤカ　そんときはそんときで、また縋れる何か見つけりゃいいじゃん。
鏡子　そっか……
アヤカ　神様なんていくらでも乗り換え可能だよ。
鏡子　フットワーク軽いね。
アヤカ　そこが私の長所なの。

鏡子、笑う。

鏡子　いいね、羨ましい。
アヤカ　でしょ。

アヤカ、鏡子に微笑みかけて、

アヤカ　あ、私まだ自己紹介してないね。アヤカ、よろしく。
鏡子　よろしく。
アヤカ　鏡子はさ、今何の仕事してんの？
鏡子　スーパーのレジ打ち。
アヤカ　え、給料安くない？　やってける？
鏡子　いやー、まあ、きついよ。
アヤカ　お水は？　経験ないの？
鏡子　ないない。それにもうこの歳じゃね。
アヤカ　そんなことないって。私さ、横浜の姉キャバで働いてんの。
鏡子　何、姉キャバって。
アヤカ　別に普通のキャバだよ。おっさんの酒の相手。うちの店は二十代後半から四十代前半くらいまでいるかなあ。どう？　一緒に働かない？
鏡子　でも、うちはまだ子どもを夜一人にしておけないし。
アヤカ　あ、うちもよ、うちも。いま四歳。
鏡子　ミノリと同い年なんだ！
アヤカ　そうそう。ミノリくん、キッズホームっていう託児所に入ったらいいよ。うちの子もそこだから。無認可だけど二十四時間で、店からも近いし。シングルには重宝するよ。
鏡子　キャバ嬢かあ。私なんかにできるかな。
アヤカ　いけるいける。いま女の賞味期限、どんどん延びてっから。
鏡子　あ、そんなもん？
アヤカ　うん。まあ託児所が不安なら、親とか誰かに頼ればいいと思うけど。

**鏡子**　いや、うちは、親も別れた夫も頼れないから。

**アヤカ**　じゃ決まり。一緒にキッズホーム預けて効率よく稼ご！

**鏡子**　ありがとう、そうする。

**アヤカ**　（ミノリに向かって）うちの子とお友達になってあげてね、ミノリくーん。

**ミノリ**　とも、た、たち！

鏡子、アヤカ、顔を見合わせる。

**鏡子**　……喋った。

**アヤカ**　……喋ったね。

**鏡子**　初めてなの、ちゃんとした発語。

**アヤカ**　わ、え、やば！

鏡子、ミノリを抱きしめて、

**鏡子**　すごい、すごいよミノリ！「友達」って言えたね！お母さん、ちゃんと聞こえたよ！

**アヤカ**　やったね！ミノリくん上手に言えてたよ！

鏡子、アヤカ、歓喜の声を上げる。

ミノリ、にこやかにジャンプしている。

一幕　終

# 二幕

# 一

二〇一八年　十二月十五日　午後十一時二十分

ミノリ、四歳四ヶ月

姉キャバ店内。営業中で賑やかである。上手のAテーブルには、客・ニナ・アヤカ・ムラタがおり、下手のBテーブルは空席である。通路はAテーブル・Bテーブルの手前にある。

以降、Aテーブル・Bテーブル・通路は同時進行。**太文字部分**の台詞が優先して聞こえる。

**Aテーブル**

**ムラタ、ドリンクをAテーブルに配膳。**

ムラタ　**お待たせしました。ウーロンハイです。**

ニナ　**あ、それ私ー。**

**Bテーブル**

**通路**

客　**お、ムラちゃん！**

ムラタ　**どもども。**

客　**まったくさー、ここババアばっかで酷い店だよ相変わらず。がはは。**

ムラタ　いやー、すませーん。笑

アヤカ　ちょっとやめてよー。

ニナ　ムラタも「すません」じゃないから。ババアいないから。

アヤカ　そうだよ、ナンバーワンのニナちゃん捕まえて失礼しちゃうよねー。

ニナ　ほんとー、超ムカつくー！

ムラタ　あ、そっすよね。すません、うち一応姉キャバなんでー。

ニナ　一応って何。

客　なーんか若い子ばっかのキャバクラ行ってもさー、全然癒されないのよー。

ムラタ　そっすよね。あんま若くてもうるさいだけっすからね。

---

**ハラ・ナオミ、Bテーブルに着席。**

**店長、ボトルやグラスを配膳。**

**ハラ、店内を見渡す。**

ハラ　**最近、嬢の数そろってねえんじゃねえの？　スカウトどうなってんのよ。**

店長　**頑張ってはいるんすけどねえ……**

ハラ　**一時は潰れんじゃねえかって思うく**

---

店長・ハラ・ナオミ登場。

店長、トレンチにボトルやグラス、灰皿等を載せている。

店長　**ほんとハラさん、ご無沙汰っすね。**

ハラ　**おう店長。意外と繁盛してんなあ。**

店長　**いやー、お陰様で。**

店長、二人をBテーブルへ案内する。

客　ババアの包容力欲しくなるよね。
ムラタ　超わかるっす。
アヤカ　いや、だから誰がババアだよ。
ニナ　ババアどこにいんのよ。ニナ一応まだ二十代なんだけどー。
アヤカ　はーい、ここ三十路越えでごめーん。
客　いやいや、ババアってのは褒め言葉よ、俺としては。
アヤカ　全っ然褒めてねーし！
ニナ　ババア好きなら、熟女キャバ行けし！
客　違うの違うの、本当のババアは嫌なのよ。こんぐらいがちょうどいいの。
ムラタ　**ちょうどいいっすよね。熟キャバはエグいとこはエグいっすからね。**
客　**そ、まあ結局、女も卵も半熟が一番美味しいのよ。なーんつって！　がらいお茶だったけどな。よく盛り返したよこの店は。**
ナオミ　**姉キャバなんか来ないよねー。今時大体ガールズバーでしょみんな。**
店長　**ほんっともう、ナオミさんのおかげで何とかやれてますからウチは。**
ハラ　**おう。ナオミは根性あるからよ。**
店長　**ナオミさまさまっす。**
ナオミ　**何々あんたら、キモー。**
ハラ　**こいつ、ライオンみたいな女だよな。**
ナオミ　**ちょっと、やめてよ。**
ハラ　**百獣の王、ナオミ。笑**
店長　**あはは、や、本当、逞しいっす。**

ハラ、タバコを咥え店長が火をつける。

**はは！**

**全員、わざとらしく大爆笑。**

**ニナ　やだ、まじウケるんですけどー！**

**アヤカ　え、やば、今日冴えてない？　え、天才？**

**ムラタ　え、こわ、まじ今日イチで感動しました！**

**客　やっぱり？　あーなんか俺今日、調子いいなー。**

**ニナ　はい、シャンパン開けよー！**

**アヤカ　モエロゼー！**

**客　えー？**

**ニナ・アヤカ　モーエロゼ！　モーエロゼ！**

ナオミ、おもむろに自分もタバコを取り出し火をつける。

ハラ　キャストはタバコ十二時からじゃねえのかよ。

ナオミ　あと三十分で十二時じゃん。

店長　あ、もう、ナオミさんは特別なんで。笑

ナオミ　店長、私、残波ロックお願ーい。

ハラ　しかも勝手に自分のドリンク注文するしよ。信じられるか？

店長　ははは。

ナオミ　そういう接客スタイルだから。

ハラ　ねえよ、そんなスタイル。客の俺を差し置いて。

ナオミ　うざ。

店長　もうそこがナオミさんの魅力っす。

客　**よしじゃあ今日は特別！**

ニナ　**やったー！**

アヤカ　**惚れたー！**

ムラタ　**あざす！**

　ムラタ、シャンパンを取りに下がる。

ニナ　絶好調じゃん！　最近いいことでもあったー？

客　いやー、俺この間、誕生日だったでしょ。

ニナ　うんうん、お祝いしたもんねー。

アヤカ　あんときも死ぬほど飲んだねー。

ニナ　アヤカちゃんぶっち切りで飲みまくってたよ。

アヤカ　まあ飲み隊長のプライドだよね。笑

客　さっすがだねー。笑

ニナ　で、誕生日がどしたの。

ナオミ　そういうのいいから早くドリンクー。

店長　うぃっす。じゃちょっと、失礼します。

　店長、通路へ。

　ハラ、賑やかなAテーブルの方を見ている。

　ナオミ、ウィスキーの水割りを手際よく作る。

　**店長、インカムで外のキャッチとやり取り。**

店長　**なになに？　うわ五名かー。はいはいニナ指名ね。もしかして古川商事さん？　おっけ、通していいよ。**

　**店長、前を通り過ぎるムラタの後に続き、後ろから肩を殴る。**

店長　**てめえダラダラしてんなよ。**

ムラタ　**うぃっす。**

客　娘たちがさ、何年かぶりに誕生日プレゼントくれたのよ。
ニナ　えーやったじゃーん！
アヤカ　うわー、それはパパ感動しちゃうわー。
ニナ　三姉妹でみんな歳近いんだよね？
客　そうなのよ。で、三人して反抗期なもんだから。
ニナ　パパうざいって言われてばっかりなんだよね。笑
客　それがさ、三人揃って「パパいつもありがとう」って。ネクタイくれて。
アヤカ　え、もしかして今着けてるやつ？
客　そう！　デザインもセンスあるでしょ。
ニナ　えー最高！　超似合う！
アヤカ　やだ泣けるねー！

ハラ　**（Aテーブルを指し）なんか盛り上がってんな。**
ナオミ　**あー最近の常連。**
ハラ　**ニナの客か。**
ナオミ　**ニナちゃんナンバーワンだからね今。**
ハラ　**まじかよ。**
ナオミ　**若けりゃ人気出るでしょそら。**
ハラ　**俺ぁ無理だ。キンキンうるせえ女は。**
ナオミ　**可愛いじゃんよ。明るくて。**

**ハラ、水割りを一口飲み、**

ハラ　**ちょっと濃くない？**
ナオミ　**黙って飲みな。**
ハラ　きっつい女になったよなナオミは。
ナオミ　ハラさんが説教くさくなったんじゃないの。

ムラタと店長、通路へ。

ムラタ、シャンパンとグラスを運びながら登場。

ムラタ　**三番テーブル様より、モエロゼいただきました！**

**ムラタ、シャンパンを持ってAテーブルへ。ニナとアヤカ、大袈裟に盛り上がる。**

**ムラタ、シャンパンを開けて注ぐ。**

**客　ちょっとムラちゃんも一緒に飲んでよー。**

**ムラタ　え、いいんすか！　じゃちょっと、お言葉に甘えて、いただきまーす。**

**アヤカ　（立ち上がり）はいじゃみんなグラス持ってー！**

**ニナ　いぇーい！　シャンパン隊長よろしく！**

**アヤカ　いくよー！　可愛い可愛い娘ちゃんたちと！　優しい優しいパパの！　泣けちゃう家族愛に！**

**全員　カンパーイ！**

**ニナとアヤカ、一気飲み。ムラタ、飲**

---

ハラ　そうか？

ナオミ　そうだよー。

ハラ　若いときのが説教しまくってたけど。

ナオミ　あー、確かに。

ハラ　イキってたからさ。ナメられないように。

ナオミ　昔のハラさんは女の子たちめちゃくちゃビビらせまくってたもんねー。

ハラ　キャバ嬢なんかズル賢い奴ばっかだからな。

ナオミ　そりゃそうだ。

ハラ　おどしとかねえと店が成り立たないんだよ。

ナオミ　まあね、でも今はビビらせようもんならどんどん辞めてくでしょ。

ハラ　そうなんだよな。時代は変わったよ。

ナオミ　ほんとに。

むふりをして客にバレないように
アイスペールに吐く。

**アヤカ** (客に向かって) ちょっとちょっとー、全然飲み干してないじゃーん。

ニナ　どんどんいくよー!

アヤカ　スタートダッシュまじ大事だから!

アヤカ、飲みコールで客を煽る。ニナもそれに乗っかって、

アヤカ・ニナ　タータラッタターター　遊びじゃねんだよ!
ターータラッタターータ　こんなの水だよ!

客、シャンパンを飲み干す。

アヤカ　はい出た男前ー!

ハラ、またAテーブルを見て、

ハラ　**あれ何だっけ、あの黄色いドレスの。**

ナオミ　**アヤカ?**

ハラ　**アヤカも頑張ってんな。あいつも結構歳くってるだろ。**

ナオミ　**知らなーい。私と同じくらいじゃない。**

ハラ　**あの飲みっぷりはそのうち肝臓逝くぞ。**

ナオミ　**頑張り屋なんでしょ。**

ハラ　**そういやアヤカって店長とデキてんのか?**

ナオミ　**まあそうだろうねっていうかハラさん、何でそんなことまで知ってんの。**

ハラ　**寮だよ、寮。ウチの店も同じマン**

客　ムラちゃんも飲みっぷりいいね！
ムラタ　あざす！
客　このまま全員で朝までいけるとこまでいっちゃお！
ニナ　いぇーい！　いっちゃおいっちゃおー！
ムラタ　いやー、でも自分、明日朝早いんすよー。
ニナ　はー？　死ぬほどつまんないんだけど。
客　**え、何、昼間もムラちゃん仕事してんの？**
ムラタ　**そうなんすよー。**
ニナ　**え、まじで？　ちょー偉いじゃーん。**
アヤカ　**働くねえ、若者。**
ニナ　**ムラちゃん、借金でもあんのー？**
ムラタ　**いや、ないす、ないす。笑**
客　**昼も夜もじゃ、大変でしょー。**

**ション使っててさ、よくアヤカん家に店長が出入りしてるって。**
ナオミ　**あー、なるほどね。**
ハラ　**あの店長は派手に女食い散らかしてそうだもんな。**
ナオミ　**ま、色恋管理タイプだよね。あとアル中。大体、酩酊してるから店長。**
ハラ　**大酒飲みの二人か。アヤカも枕営業タイプだろ。**
ナオミ　**さあ、どうだか。**

店長、ドリンクをBテーブルに配膳。

店長　残波ロック失礼します。
ハラ　店長、今日この後、「ゴールド」行けるか。
店長　もちろんっす。何かイベントっすか。
ハラ　鳥羽さんの放免祝いだよ。

店長、ドリンクを持って登場。Bテーブルへ向かう。

アヤカ　**何の仕事？**

ムラタ　**掃除屋っすねー。**

ニナ　**じゃビルの掃除とかしてんだー。**

ムラタ　**やー、普通の清掃業者と違くて、**

アヤカ　**え、何。**

ムラタ　**特殊清掃ってやつっすね。**

客　**えーっ。**

アヤカ　**それって死体片付けたりするやつ？**

ムラタ　**いやいや、遺体は警察が運んで検視するんで、その後の部屋の清掃。**

ニナ　**うわー、どぎついのやってんねー。**

ムラタ　そうなんすよねー。

客　自殺とか老人の孤独死とか、壮絶な現場多いでしょー。

ムラタ　いや、それがまじで、ほんと、それなんすよ。

ニナ　やだ怖ーい。ニナ絶対ムリー。

店長　え？　ブロンズグループの鳥羽さんすよね？

ナオミ　何、もう出てきたの？

ハラ　そうなんだよ。いい歳してヤンチャだよ鳥羽さんは。

店長　相変わらずで何よりです。笑

ハラ　ナオミも来いよ。

ナオミ　はいよー。

ハラ　あと誰か女一人用意しといて。

店長　了解す。じゃ、楽しみにしてます。

店長、通路へ。

ハラ、黙って酒を飲む。

ナオミ、黙ってタバコを吸う。

**店長、インカムで会話。**

店長　**え？　石野さんチェック？　うわ、まじかよ了解。待って待って。引き留めといて。ニナすぐに連れてくから。**

店長、Aテーブルへ。

**店長　失礼いたします。ニナさん、お願いしまーす。**

**客　何だよ、行っちゃうのかー。**

**店長　すいませーん、すぐ戻りますんで。**

**ニナ　いい子に待っててよー。**

**ニナ、立ち上がり店長と通路へ。**

**アヤカ　え、孤独死だとさ、しばらく放置されて腐ってたりするわけでしょ。**

**客　腐敗臭とか凄そうだよねー。**

ムラタ　それがまじで、ほんと、それなんすよ。

アヤカ　めっちゃ虫湧いたりとか。

ムラタ　まあ、ある程度、仕事は慣れれば平

気怠い沈黙。

ナオミ　鳥羽さん、五年前に「ブルーブーツ」で会ったきりかも私。

ハラ　あ、そう。「ブルーブーツ」かー。最近顔出してねえなあ。ナミエママが辞めてから全然。

ナオミ　え、ナミエママ辞めたの？

ハラ　なんだ知らねえのか。胃癌で入院してんだよ。

ナオミ　ほんとー。まだ結構若いのにねえ。じゃ今誰がママやってんの。

ハラ　アユミだよ。

ナオミ、驚いて咳き込む。

**店長、急いでAテーブルへ向かう。**

ニナと店長、通路で立ち止まり、

店長　石野さんお帰りです。お見送り即行で。

ニナ　はぁ？　まじ？　席ほとんど付けてないじゃん私。

**店長　ニナさんごめーん。今日、出勤少ないんすよー。**

**ニナ　付け回ししっかりしてよねー。あ、あとさ、私の客にイカつい女付けな**

気な部分ももちろんあるんすけど、正直、何がしんどいって、

アヤカ　うんうん。

ムラタ　匂いが自分的にまじで一番耐え難いっつーのがあって。

客　匂いかあ。

ムラタ　自分ちょっと嗅覚、犬並みなのかもしんないすけど。

アヤカ　犬並みやばい。笑

ムラタ　銭湯でゴッシゴシ洗いまくったりとか、作業着もしつこく洗濯機かけたりするんすけど、普通に臭いんすよ。

アヤカ　そうなんだ。

ムラタ　**まじで人間の死臭ってヤバいすよ。**

アヤカ　**死臭ってどんな匂いなの？**

ムラタ　**うーん、真夏の腐った生ゴミを何倍も強烈にした感じ。**

アヤカ　**うわ、きっつ。**

ナオミ　うそ！　アユミ？　あのアユミがママ？

ハラ　そうだよ、信じらんねえだろ。

ナオミ　信じらんない。あのだらしない自己中女が……

ハラ　お前ら同期ぐらいだっけ。

ナオミ　そうそう。アユミって本当がめつい女だから喧嘩ばっかしてた。髪の毛鷲掴みしたりさ。

ハラ　ははは。ナオミもアユミも我が強ぇしな。

ナオミ　懐かしいわー。

ハラとナオミ、思い出にふけり、二人とも何も言わず酒を飲む。

**いでって言ってんじゃん。**

店長　**え？　誰すか？**

ニナ　**（ナオミを指差しながら）ナオミちゃんだよ。**

店長　**（苦笑して）あー、**

ニナ　**ナオミちゃん、やっぱクスリやってない？　最近変だもん。今日開店前、前髪ワシャワシャやりながら「虫が、虫が」とか言ってたよ。**

店長　**あはは、同伴で飲み過ぎたとかじゃないすかねー。**

ニナ　**完全ラリってる。**

店長　**まあ、ナオミさんに関してはなるべく気を付けるんで。**

ニナと店長、去る。

ムラタ　匂いってすげー大事ってことに気付かされましたね。

客　へえ。

ムラタ　人間の幸福度って匂いで測れるんじゃないかなって思いますよ。自分まじで人生詰んでるんで、将来ダンボールで暮らす可能性なきにしもあらずって予感なんすけど、

客　あはは。

ムラタ　どんなに底辺に落ちても、まじで匂いだけは、ラグジュアリーでありたいって思ってて。いや、なんでもいいと思うんすよ。自分の場合はたまたま嗅覚でしたけど、人によっては、味覚とか視覚とか聴覚とか？　なんかしら、五感のどれか一つだけが、他の感覚より優位に立ってるやつがみんな絶対あって。その優位に立った感覚は絶対譲っちゃいけない

ナオミ、ハラのグラスにウィスキーの水割りを足し、水滴をハンカチで軽く拭き取る。

ハラ、タバコを取り出し自分で火をつけようとするが、ナオミが両手でライターを構えているのに

んす。むしろそこだけを満たしてさえやれば、正気を保つ、じゃないすけど、人らしく生きるのに必要な、平常心っていうか、心の安定っていうんですかね、それを得られると思うんすよ。

客とアヤカ、ムラタの話に聞き入り、沈黙している。

ムラタ　だから自分、思うんすけど、犯罪とか繰り返し犯す人って、自分の譲れない五感の一つを、満たせてやれてないからだろうなって。そこさえどうにか充足させてやれば、犯罪者ってこの世からいなくなるんじゃないかって、まじ自分本気でそう思ってんすよ。

気付き、

ハラ　おう。

ナオミ、ハラのタバコに火をつける。

ハラ　お前もよくここまで生き残ったよ。

ナオミ　ハラさんもね。

二人、微笑む。

ナオミ、酒を飲み干す。

ムラタ、夢中で話していた自分に気付き、水を飲む。

客　かーっ。ムラちゃん面白いこと言うなあ。

アヤカ　なるほどねえ。

ニナ、Aテーブルに着席。

ニナ　ただいまー。何、まだ特殊清掃の話ー？

アヤカ　譲れない五感の話。

ニナ　何それ。

アヤカ　その五感の一つさえ守られれば、人は正気でいられる。

ムラタ、ナオミの声に気付いて、

ムラタ　**はい！　ただいま！　すみませんそ**

ハラ　**じゃ、今度茶化しに行く？　アユミママをよ。**

ナオミ　**行こう行こう。「ゴールド」のケイコも誘おうよ。**

ハラ　**今日声掛けてみるか。**

ナオミ　**もう同窓会じゃん。**

ハラ　**本当だな。**

ナオミ　**そういやブロンズ系列のさー、なんだっけ、あそこ。**

ハラ　**何、どこ。**

**ナオミ、灰皿の吸い殻が満タンになっているのに気付き、**

ナオミ　**（ムラタに向かって）あ、お願いしまーす。**

ナオミ、灰皿交換のサインを出

ニナ、登場。Aテーブルへ向かう。

**ろそろ戻ります。**

客　**おームラちゃん、ありがとうねー。**

ムラタ　あざす！　ごっそさまっす！

ムラタ、灰皿を取りにいく。

アヤカ　私の譲れない五感どれだろうなー。味覚？

客　何で？

アヤカ　エグい二日酔いなのに、また結局飲んじゃう。

ニナ　忘れられない酒の味？

アヤカ　そう、なんかもう、味が好き。酒の。

ニナ　アヤカちゃんの肝臓バリ強いしね。

客　才能だな。

アヤカ　まあね。

す。

ナオミ　**ほら、関内のさ、地下にゴルフバーがあったとこ。**

ハラ　**ケイコが一時期在籍してたとこだろ？　店長がシャブ中で飛んだっていう。**

ナオミ　**あはは！　そうそうそれ。笑**

ナオミ、しばらく一人で爆笑している。

ハラ　**え、なになに。金持ち逃げした奴だろ？**

ナオミ　**そう。そいつ、そいつ。笑**

店長、登場。通路で、腕時計を眺めたり、フロアを見渡しテーブルをチェックしたりと、せわしない。

**店長、前を通り過ぎるムラタを派手に蹴飛ばす。**

店長　**いつまで客席で喋ってんだよ。てめえはキャバ嬢か？**

ムラタ　**っす。（「すみません」の意）**

ムラタ動じず、平然とした反応で交わし、去る。

ニナ　え、最長で何時間くらい飲んでられるの？

アヤカ　ハシゴし続けて気付いたら三日経ってたことあったよ。

ニナ　うっそ！笑

客　おー大したもんだ。

アヤカ　**あ、ごめーんちょっとお花摘んできまーす。**

**アヤカ、トイレへ立つ。**

客　はいはい、行っといれ〜。

ニナ　あはは。言うと思ったー。

客　清々しいでしょ親父ギャグ。

ニナ　うん、潔いよ。

客　おっさんはおっさんらしくしてたいって思うんだよね。

ニナ　カッコいいー。

客　あ、そう？

---

ハラ　**若造のわりに頑張ってたけどな。**

ナオミ　**いや、それがさ、**

ハラ　**ん。**

ナオミ　**なんか、黄金町あたりのピンサロでボーイしてるらしいよ。笑**

ハラ　**嘘だろ。笑**

**二人、しばし笑っている。**

ナオミ　ほんと、ほんとだって。笑

ハラ　なんで、そんな近場にいるんだよ。笑

ナオミ　いっや、わかんない。

ハラ　普通もっと飛ぶだろ。

ナオミ　だよねー。

ハラ　関西とかよ。

ナオミ　そうなんだよ。

---

**アヤカ、トイレに向かう途中、**

店長　**アヤカ！　サボってんじゃねえぞ。**

アヤカ　**トイレだよ。つーか私もう上がりでしょ。**

店長　**万年ヘルプが余裕ぶっこいてんじゃん。**

アヤカ　**何の話。**

店長　**今月売上落ちてんぞ。いい加減時給下げるからな。**

ニナ　若い子に必死に合わせようとしてくるおじさんって痛いじゃーん。
客　だろー？
ニナ　なんか見苦しいんだよねー。
客　俺はそういうのちゃんと割り切ってるから。
ニナ　男も女も関係なくさー、若作りってちょっとダサいもんやっぱり。
客　歳相応の老け方が男は一番魅力的だね。
ニナ　私も無理してアンチエイジングとかしたくないな。
客　あ、そう。
ニナ　うん、シワも大人の女の魅力だと思うし。
客　**でも女のコなんかはいつまでも若くいたいもんなんじゃないの。**
ニナ　**ニナは別に思わないかなあ。**
客　**そんなこと言ってられんのも今のう**

ハラ　何でそれが、笑
ナオミ　黄金町。笑

二人、再び笑いがこみ上げ、狂ったように笑っている。

ハラ　ちけーよ。笑
ナオミ　あー、おっかし。笑
ハラ　どうかしてるわ。
ナオミ　こんなウケたの久々。
ハラ　正真正銘の馬鹿だなー。
ナオミ　シャブやり過ぎてなんかもうよく分

アヤカ　**だったらもっと新規に付けてよ。**
店長　**わがままなんだよお前は。**
アヤカ　**フル出勤してるし、十分店に貢献してるじゃん。**
店長　**うるせえな。**
アヤカ　**忙しいからって私に当たんないでよ。**
店長　**あ、そうだ。この後ハラさんたちと「ゴールド」行くからお前も来い。絶対帰んなよ。**
アヤカ　**今日はアフター無理だって。託児の迎え十二時じゃん。**
店長　**知らねえよ延長しとけ。**
アヤカ　**……**
店長　**返事は。**
アヤカ　**（ふてぶてしく）……わかりました。**

アヤカ、去る。

**ちだよ。**

ニナ　**えー。**

客　**女はやっぱ若い方が得でしょ。**

ニナ　**そうかなあ。**

客　**ニナちゃんだってこうやって今チヤホヤしてもらえんのも若いからでしょ。**

ニナ　**やだー、なんか意地悪ー。笑**

客　**本当にババアんなっちゃったら、誰もこんなチヤホヤしてくれなくなるよー。**

ニナ　**じゃあ、今のうちにチヤホヤしてもーらお。**

客　**そうしな、そうしな。**

ニナ　ババアになるギリまでは責任持ってチヤホヤしてね！

客　するする。ニナちゃんはね、もう世界一よ。

ニナ　んー？　まだチヤホヤが全然足りなかんなくなっちゃったんだろうね。

笑

ムラタ、Bテーブルの灰皿を交換、そのまま去る。

ハラ　オーナーは知ってんのかよ。

ナオミ　や、分かんない。その後どうなったかは聞いてない。

ハラ　まあ、すぐ見つかんだろうな。

ナオミ　だね。

ハラ　いやクスリでパクられんのが先か。

笑

ナオミ　あはは。

ハラ　いやー笑ったわ。

ナオミ　でしょ。

ハラ　腹いてー。

ムラタ、登場。灰皿を持ってBテーブルへ向かう。

鏡子、私服姿で登場。濃い化粧と巻き髪で以前より派手な印象である。

鏡子　**店長、お疲れ様です。**

店長　**おー鏡子さんお疲れ。どうすか最近。慣れてきました？**

鏡子　**いやー、すみません指名全然取れなくて……**

いなあ。

客　やー参ったね！

ニナ　あはは。

客　そういう強気なとこもいいのよ、ニナちゃんは。

ニナ　知ってるー。ありがとー。

客　ちょっと俺もおトイレ行って来よ。

ニナ　はいはい、行っといれ～。

客　（立ち上がりながら）お便器で～。

ニナ　ごきげん尿～。

客、ぎゃははと笑いながらトイレへ。

ニナ、手鏡で軽くリップを直し、席を立つ。

ニナ、去り際に袖奥に向かって、

ニナ　あ、ムラター。つめしぼちょうだーい。

---

ハラの携帯電話が鳴る。

ナオミ　あ、

ハラ　ん？

ナオミ　鳴ってない？

ハラ　え、

ナオミ　携帯。

ハラ　ああ。

ハラ、電話に出る。

ハラ　どうした？　……何、延長どのくらいしたの。……しょうもねえなあ。……うん。……あー、なるほどねー。……お前もそんくらいのこと上手く対処できるようになれよ。……おう。……まあいいや、そしたら今ちょっと戻るから。

---

店長　いいのいいの。これからっすよ。焦らずやってきましょう。とりあえず楽しんでくれればいいから。

鏡子　ありがとうございます。

店長　あ、これからお子さんの迎えか。

鏡子　そうなんですよ。この生活に全然まだ慣れてなくて。夜グズって眠らなくなっちゃったし。

店長　そっかそっか。お母さんとずっと一緒にいたいんでしょうねー。偉いですよホントお母さんは。

鏡子　あ、なんか愚痴っちゃってごめんなさい。

店長　全然。働くお母さん応援してますから。なんかあったら相談してください。

鏡子　そう言ってもらえると安心します。

店長　うんうん、よかった。じゃ、お疲れさまです。

鏡子　あれ、アヤカは？

ニナ、去る。

ハラ、電話を切る。

ナオミ　何。
ハラ　あー、会計トラブル。
ナオミ　どの店舗。
ハラ　「シーサイド」。鶴屋町の。

ハラ、酒を一口飲んで、

ハラ　ちょっと行くわ。ツケといて。

二人、立ち上がり歩きながら、

ナオミ　りょーかーい。
ハラ　また「ゴールド」でな。
ナオミ　はいはい、ハラさん向かうとき電話してー。

ハラとナオミ、去る。

店長　え？
鏡子　アヤカも一緒にお迎えの予定だったから。
店長　あー、あいつはこの後アフターあるんで。
鏡子　そうなんですね。じゃあ、お先に失礼します。
店長　はーい、お疲れでーす。

鏡子と店長、去る。

# 二

鏡子とミノリ、深夜託児からの帰り道。

**鏡子**　ミノリ、先生やお友達のこと、ぶったりしちゃいけないんだよ。

**ミノリ**　……

**鏡子**　ぶたれたら痛いでしょ。

**ミノリ**　う、う、

**鏡子**　先生たちね、ミノリがあんまり暴れん坊だと、面倒みきれないって。

**ミノリ**　うう、あ、い、あー。

**鏡子**　お母さん、お仕事大変なんだから、もうちょっと言うこと聞いて。

鏡子、ミノリの手を引っ張りながら呟く。

**鏡子**　こうやってさあ、二人で手を握って歩くとき、向こうからトラックが突っ込んで来て、お母さんもミノリも一瞬のうちに木っ端微塵《みじん》になることができたらいいのにね。

ミノリ、黙って手を引かれ歩いている。

**鏡子**　お母さんとミノリの体が飛び散って、どっちの体かもわからなくなるくらいぐちゃぐちゃになって終わることができたら、最高なハッピーエンドだよ。

二人、歩き続ける。

**鏡子**　お母さんがおばあちゃんになってさ、ミノリをひとりにして先に死ぬよりも、ずっと幸せでしょ。

ミノリ、空中に手を伸ばす。

**ミノリ**　んー、あ、むー、おさかな！

ミノリ、まるで空中に魚が泳いでいるかのように、目で追い、両手を伸ばす。

**ミノリ**　あ、あ、おーさーかーな。
**鏡子**　ほら、ミノリ、端っこ歩いて。
**ミノリ**　おーさーかーな！

ミノリ、フラフラと車道に飛び出し、車に轢かれそうになる。

鏡子、反射的にミノリの腕を引っ張る。

**鏡子**　危ない！

二人、勢い余って倒れ込む。

ミノリ、驚いて泣き出す。

**鏡子**　ごめんごめん。驚いたね。お母さんもびっくりしちゃった。

鏡子、ミノリの頭を優しく撫でる。

**鏡子**　どうかしてたね。

**ミノリ**　ふ、ふ、うぅー、おさかなー。

ミノリ、泣きながら、空中の魚を探す。

**鏡子**　ミノリ、おさかななんかいないよ、どこにも。どこにもいないんだよ。

鏡子、泣きながらミノリの手を引き、再び歩き出す。

そこへ、アヤカがやってくるのが見える。

**アヤカ**　お疲れー。

アヤカ、鏡子が泣いているのに気付き、

**アヤカ**　ていうか、え、大丈夫？
**鏡子**　（涙を拭いながら）大丈夫大丈夫。今からお迎え？
**アヤカ**　うん、そう。
**鏡子**　なんか店長がアフター連れてくって言ってたけど。

アヤカ　あー、ハラさんね。なんかハラさんの店舗がトラブってキャンセル。
鏡子　そっかそっか。
アヤカ　（ミノリを見て）ミノリくーん、こんばんはー。

ミノリ、アヤカをじっと見るが何も答えない。

鏡子　ほら、ミノリ、マユミちゃんのママだよ。

ミノリ、鏡子の後ろに隠れる。

アヤカ　はは、最近会ってないもんねー。
鏡子　ごめんね、なんかちょっと、照れてるのかも。
アヤカ　いいのいいの。なんかミノリくん、ちょっと大きくなったんじゃない？
鏡子　そうね、体の成長は早いかなあ。
アヤカ　いいことだ。
鏡子　言葉は全然でさ。「おさかな」しか言わなくなっちゃった。
アヤカ　まあ徐々に、ゆっくりだよ。
鏡子　うん……。
アヤカ　どした。なんか疲れてる？
鏡子　や、最近ミノリ、キッズホームで暴れることが多いみたいでさ。
アヤカ　あ、そうなの？
鏡子　やっぱ夜預けると、メンタル的に良くないのかな。
アヤカ　うーん、慣れれば平気だと思うんだけど。
鏡子　先生に噛みついちゃったらしくて。
アヤカ　え、ほんと。それは確かに心配だね。
鏡子　先生にも、「障がい児はある程度受け入れてはいるけど、場合によってはお断りすることもあるんで」って言われちゃって。
アヤカ　えー、最初に面接してオッケー出したわけだし、ちゃんとみてほしいよね。
鏡子　このままだと辞めることになるのかなーって思ったら、気が重くて。
アヤカ　子どもを預けないと仕事できないしさ、急に言われても困るのに。
鏡子　まあね。

アヤカ　結局、昼職に移るしかないのかな。
鏡子　そりゃ、給料よければ昼のがいいに決まってるけどね。
アヤカ　私、水商売いつまで続けるんだろう。
鏡子　今他に何にも考えられない。
アヤカ　別の店に移るのは考えてるけどね。
鏡子　そうなの？
アヤカ　うん。目標は五百万なんだ。マユミの将来のために。五百万達成したらお水卒業しようと思ってて。
鏡子　なんとなくアヤカはずっと続けるもんだと思ってた。
アヤカ　えー無理無理。笑
鏡子　お酒強いしさ。
アヤカ　まあ、確かに、酒好きじゃなかったらそもそもキャバやってないね。
鏡子　でしょ。将来、自分の店持ってママとかやってそうじゃん。笑
アヤカ　そこまでの実力ないよー。それにこのままの生活続けたら四十なる前に肝臓逝くね。笑
鏡子　今日も結構飲んだんでしょ。
アヤカ　私の売りは飲みっぷりいいとこだけだからさ。
鏡子　そんなことないよ。みんなアヤカのこと頼りにしてるって言ってたよ。
アヤカ　はは、そっか……

アヤカの表情が曇る。

アヤカ　あのさあ、店長と私のこと、みんななんか言ってる？
鏡子　なんか、っていうか、え、いや、二人付き合ってるんじゃないの？
アヤカ　はは、だよね。そう見られても、おかしくないのかもしれないんだけど、
鏡子　うん、
アヤカ　全然違くて、
鏡子　あそうなんだ。
アヤカ　いやまあ、自分が悪いのもあるんだけど。
鏡子　うん、
アヤカ　お金借りてるんだよね、店長に。
鏡子　あ、
アヤカ　いや、借りてるっていうか、
鏡子　うんうん、

アヤカ　実は、寮の家賃、免除したりしてもらってて。
鏡子　そっか。
アヤカ　入店した当時、ほんっと一文無しでさ。前の旦那が私だけじゃなくてマユミにまで手上げるようになったから、もう死に物狂いで逃げてきて、
鏡子　え、そうだったの？
アヤカ　うん、それで店長の甘い言葉にまんまと騙されたって感じ。
鏡子　店長良い人そうなのに。
アヤカ　いやいやいや！　あいつ、あの男、やばいんだよ。口が巧いだけのモラハラ野郎だから。
鏡子　うそ。
アヤカ　私に貸し作ったのをいいことに、もうほとんど奴隷扱い。勝手にフル出勤組まれるしさ、風邪引いて休んだら罰金、何かと罰金。プライベートにまで口出ししてくるし。
鏡子　えー、
アヤカ　あれ頭おかしいんだよ、なんていうか、
鏡子　うん、
アヤカ　支配欲が異常。
鏡子　怖いね。
アヤカ　しかもそれをさ、周りからは私が店長に枕してるって噂されてんのも、もうほんと、
鏡子　そっかっそっか。
アヤカ　まじうざ過ぎて……吐きそう。
鏡子　え、大丈夫？
アヤカ　あ、大丈夫。ちょっと飲み過ぎた。
鏡子　平気？　サクロンあるけど飲む？
アヤカ　あ、平気。私、太田胃酸派なんだよね。
鏡子　そっかそっか。
アヤカ　あーもう今度さ、託児預けてパーっと遊び行こうよ。
鏡子　え、いいね！　行きたい行きたい！
アヤカ　息抜きしないとストレス溜まるじゃん。
鏡子　毎日さー、家事育児仕事で一日が一瞬で終わんの。
アヤカ　ほんっとそれ。なんかさ、私は一体誰なのってなんない？
鏡子　いやわかる。
アヤカ　外では仕事、家では育児。自分の時間を持てないってさ、一瞬で人を追い詰めるよね。私はロボットなのかって。
鏡子　そうロボット、ロボット。
アヤカ　ねー今度さ、夜遊びで発散しよー。年明けとかになるだろう

けど。

鏡子　すごい、夜遊びに出るなんて十年以上ぶりかも私。笑

アヤカ　うわ、まじで？　じゃもうブチ上がろうよー。大事だよたまには。

鏡子　やばい、すっごい楽しみになってきた。

アヤカ　え、何、鏡子めっちゃいい顔してるよ。笑

鏡子　誰かお店の子誘おうよ。

アヤカ　あ、いいね、ナオミでも誘うかー。

鏡子　ニナちゃんも誘おうよ。

アヤカ　えーあいつ来るかなあ。

## 三

**二〇一九年　一月二十一日　午後七時三十八分**

**ミノリ、四歳五ヶ月**

鏡子の自宅。1Kの古びたアパート。

ミノリ、クレヨンで画用紙に絵を描いている。乱れた線や歪んだ丸で描かれた絵である。

鏡子　ミノリ、お母さん出掛けてくるからね。

鏡子、メイクをしている。鏡子の化粧は日に日に濃くなっていく。

ミノリ　（自分で描いた絵を見ながら）おさかな。

鏡子、それを無視して、

鏡子　もうキッズホームには行かないよ。ミノリは今日からおうちでお留守番。わかった？

鏡子、ミノリの顔を覗き込む。

鏡子　ひとりでお留守番、上手にできるね？　お母さん帰るまで大人しくしてるんだよ？

ミノリ、黙って絵を描き続ける。

鏡子　ここにご飯、置いとくから。今日はこれで我慢してね。

鏡子、床に置いてあったレジ袋から、野菜ジュースと惣菜パンを取り出す。野菜ジュースにストローを差し、パンの袋を開け、テーブルに置く。

鏡子　じゃあ、行ってくるから。

鏡子、バッグを持って立ち上がり玄関へ。
ミノリ、その後を付いていく。

鏡子　ミノリ、だめだめ。お部屋から出てきちゃだめ。

鏡子、ミノリをリビングに連れ戻す。

鏡子　あっちはね、コンロがあるから危ないの。お部屋で遊んでなさい。静かにね。しー、だよ。しー。

鏡子、リビングの扉を閉める。
ミノリ、扉を叩く。

鏡子　ああ、もう。

鏡子、玄関に放置された梱包用のビニール紐を見つけ、リビングのドアノブとすぐ横にあるキッチンの蛇口を繋いで巻き付ける。リビングのドアが開かないことを確認し、

鏡子　ミノリー、いい子にねー。

鏡子、ドア越しにミノリに声を掛け、部屋を出ていく。

## 四

同日、深夜。
爆音で音楽が流れるクラブ。ゴツめのEDMが鳴り響き、重低音が地響きを起こすほど唸る。暗い店内をミラーボールとブラックライトの明かりが下品に照らす。

鏡子・アヤカ・ナオミ・ニナがテキーラショットを片手に酔っ払い騒いでいる。

四人の前にあるハイテーブルには、酒瓶と空のグラスがいくつもある。

彼女たちは仕事の愚痴で盛り上がっている様子だが、音楽に掻き消されあまり聞き取れない。

ニナ　まじでさーチビチビ飲んで居座るケチ男うざすぎじゃねー?

ニナ、キャバクラでの態度と一変し、乱暴な言葉遣いで品がない。

アヤカ　わかるー!　めっちゃいるー!

アヤカ、ゲラゲラ笑っている。

ニナ　そんでそういう奴に限ってアフター誘ってくんの何なん!

ナオミ　そんなクソ客フッーに出禁だよ!　出禁出禁!

ナオミ、比較的酔っていない方でたまにスマホをいじりながら話している。

ニナ　そうだ出禁にしろー!

「でーきーん!　でーきーん!」と全員で「出禁コール」で盛り上がり、テキーラで乾杯。

全員、ショットを一気飲み。

ニナ　こっちは遊びじゃねえんだわ!

アヤカ　ほんとだよ、友達じゃねえんだよ!

ナオミ　まじ金落とさないやつ相手にしてらんねえから!

鏡子　いや、ちょ、みんな激し過ぎない?笑

ニナ　こんぐらい言わないとクソ客の相手してらんないっしょ!

鏡子　あーもうすごい楽しい。笑

鏡子、みんなの口の悪さにずっと腹を抱えて笑っている。

何もかもが刺激的であり、心の底から楽しんでいる様子

である。

ニナ　あとさー、まじ無理なのは説教好きのおっさん！
アヤカ　ていうか説教しないおっさんこの世にいなくない？
ナオミ　いないね。
ニナ　まじで滅びろ！　老害でしかないから！
ナオミ　わっかるわー、全員オムツして介護されとけよ！

全員、爆笑。

ニナ　オムツやばい。笑
ナオミ　つーかさ、滝川社長っていんじゃん。
アヤカ　はいはい、白髪のおじいちゃんね。
ナオミ　あのジジイ深酒するとお漏らしするよね。
アヤカ　あったねーお漏らし事件！
ニナ　あれクソウケたー！　ボーイたちがソファめちゃくちゃファブってんの！
アヤカ　お漏らしレベル、キャバ来てる場合じゃないのよ。笑
ニナ　来るとこ間違ってんだよ！　病院行けよ！
鏡子　なんでそこまでして女と飲みたいわけ？
ナオミ　なんかもう男のプライドじゃない？　いつまでも現役でいたいっていう。
鏡子　あー。
ナオミ　知らんけど。

ニナ、叫ぶ。

ニナ　もうおっさんは全員ウンコだー！
アヤカ　トイレに流せー！

「なーがーせ！　なーがーせ！」と全員で「流せコール」で盛り上がり、テキーラで乾杯。
全員、ショットを一気飲み。

ニナ　う、おえ……

ニナ、背後で嘔吐する。
ナオミとアヤカ、爆笑している。鏡子はあたふたして水を

探す。

鏡子　え、え、大丈夫？
ナオミ　ニナちゃん今日まじウケんだけど！
アヤカ　飛ばすねー！

鏡子、ニナに水を渡す。

ニナ　サンキュー。

ニナ、水をごくごく飲み干したかと思うと、ふざけて口に残った水をブーッと吹き出す。

アヤカ　うわ、やっば！笑
ナオミ　きったねー！笑
鏡子　あはははは！
ニナ　まじ、ゲロったらスッキリしたわー。
アヤカ　それどっちの意味で。笑
ニナ　リアルゲロと客の愚痴両方。
鏡子　よかったねー。
ナオミ　ていうかさ、みんなちゃんとストレス解消してんの？
アヤカ　いやーできてない全然。
ニナ　やっぱ飲んで愚痴るぐらいだよ。
アヤカ　あとたまにホスト行くぐらい。
ナオミ　だめだめ、やっぱ定期的にしっかり自分を癒してあげないと。
アヤカ　ナオミはどうやってストレス解消してんの。
ナオミ　（ドヤ顔で）女向け風俗。
ニナ　へー！
アヤカ　まじで！
鏡子　え、女向けの風俗なんてあんの？
アヤカ　実際どうよ。

ナオミ、不敵な笑みを浮かべ、

ナオミ　あのね、めっっっちゃ、いい。
アヤカ　いいなー！
ニナ　そうなんだー！

鏡子　へー！
ナオミ　いやほんと、みんなも試した方がいいよ。超オススメ。やっぱ大体のことはさ、性的な欲求が満たされれば解決すると思うんだよね。とはいえその辺の男掴まえてセックスしてもつまんなかったりするじゃん。挿入されたところで「股間になんか挟まってんなー」くらいにしか思わないじゃん。
アヤカ　うんうん。
ナオミ　あとなんていうの？　こっちもこっちで一応女だからさ、変にこう、性的に搾取された感？　残るときあるじゃん。男側が「俺のモノにしたった」感だしてくるっていうか。
アヤカ　わっかる。その感じ一瞬で醒める。
ニナ　イラっとくるよねー。
ナオミ　そこでよ！　やっぱ風俗なんだよ。こっち主体でさ、自分だけが気持ち良くなっていいわけじゃん。お客様なわけだから。
アヤカ　なるほどー。
ニナ　そう考えるといいかも。
ナオミ　最近指名してる子がいてさ、これから泊まりで呼ぶんだわ。
ニナ　え、そうなの？
ナオミ　もうすぐここ着くって言ってた。
アヤカ　あ、まじで？
鏡子　え、何、ここに来るの？

タツキ、登場。

タツキ　ナオミさん。
ナオミ　こちらご指名のタツキくん。
タツキ　皆さん、どうも。

鏡子・アヤカ・ニナ、急によそよそしく、しかしタツキを舐め回すように見つめながら、

三人　あ、どうも……
タツキ　すみません盛り上がってるとこお邪魔しちゃって、
アヤカ　いやいや、
ニナ　全然全然。
鏡子　お気になさらず。
ナオミ　今ちょうど三人に女向け風俗を勧めてたとこ。

タツキ　あ、そうなんだ。
ナオミ　興味あるみたい。
タツキ　オススメですよ。皆さんも是非。
アヤカ　え、タツキくん？　だっけ？
タツキ　はい。
アヤカ　え、何歳？　ですか？
タツキ　二十八です。
アヤカ　あ、意外と歳いってんだねー。
ナオミ　私若いの好きじゃないから。ヘタクソなの多いし。
ニナ　イケメンギャル男とか想像してたけど結構普通なんだー。
タツキ　いろんな人いますよ。皆さんのお好みで選んでもらえれば。
アヤカ　女向け風俗って、具体的にどんな感じなんですか？
タツキ　まあ、うちはいわゆる無店舗型の「性感マッサージ」なんで、僕らセラピストをホテルに呼んでもらって、オイルを使って手でご奉仕する感じですね。
ニナ　そっか、ソープじゃないんだ。
タツキ　女性向けのソープも存在はしますけどね。うちは違います。
アヤカ　なんだ、じゃタツキくん挿入はしないんだ。
ナオミ　いやー、まあそこは、

ナオミとタツキ、顔を見合わせてはにかみながら、

ナオミ　ね。
ニナ　いや、してるでしょ挿入。
タツキ　あ、表向きにはNGです。バレたらクビです。
ナオミ　でもホテルで二人っきりになっちゃったら、何してるかなんて分かんないし、

ナオミとタツキ、再び顔を見合わせてはにかみながら、

ナオミ　ね。
アヤカ　うわー、いいなー！　場合によっちゃ挿入もいけるってことか！
ニナ　え、タツキくんチンコでかいの？

ニナ、タツキの下半身を触る。

タツキ、慣れているのか全く動じない。

ニナ　あ、結構普通じゃん。
アヤカ　通常時の状態でチンコの精確なデカさ分かる?
ナオミ　まあ、大体わかるよねー。
アヤカ　ていうかデカさより、こう、カタチじゃない？　大事なのって。
ニナ　短いけど太い派か、細いけど長い派かとか、そういう話?
アヤカ　それだったら太くて長いのがいいんだけど。
ニナ　いや結局デカさじゃん。笑
ナオミ　まあ大事なのはフィット感だね。
アヤカ　フィット感ね!
ニナ　フィット感大事だねー。

アヤカ、タツキの下半身を触る。
タツキ、動じない。

アヤカ　え、それで言ったら、タツキくんの良さそう。
ナオミ　でしょ。
アヤカ　(タツキに) ていうかごめんね、触っちゃって。
ニナ　あ、私もだ。なんかアレだよね、いつもウチらがおっさんにされてるセクハラまんまやってるよね。笑
アヤカ　確かに。笑
ニナ　ごめんねタツキくん。
ナオミ　いいのいいの。

タツキ、無言で軽い会釈。

ナオミ　タツキはオススメだよ。
アヤカ　えー指名しちゃうかもー。
タツキ　是非是非。
ナオミ　竿姉妹になっちゃうけど。
タツキ　あはは。
ニナ　え、待って待って。挿入は置いといて、他にどんなことすんの?
タツキ　して欲しいことがあれば、大体何でも。

アヤカとニナ、色めき立つ。

アヤカ　え、え、私、潮吹いてみたいんだけど。

タツキ　あ、もう全然。
ニナ　ねえねえ私、中イキあんまりできないんだけど。
タツキ　もちろんお任せください。
ナオミ　いいじゃんいいじゃん。鏡子はー？

**大人しくしていた鏡子、突然話を振られ、**

鏡子　あ、え？　あの、えっと、
タツキ　はい。
鏡子　縛られたり、とか、ぶたれたりとか、そういうのって、どうなんですかね……
タツキ　あー、大丈夫ですよ。セラピストによって得手不得手ありますけど。
ナオミ　へえ、鏡子そっちかー。
アヤカ　ちょっと意外ー。
ニナ　確かにー。
鏡子　あ、や、別にそういうの経験ないんだけど、
タツキ　そっち得意な奴いるんで紹介しますよ。
ナオミ　よかったじゃん。
鏡子　あ、なんか、すいません……

# 五

同年　四月十八日　午前一時四十一分

ミノリ、四歳八ヶ月

上手にラブホテルの一室。鏡子とユウヤがベッドにいる。シャワーを浴びた後である。鏡子は缶ビールを飲み、酔っている。

ユウヤは上半身裸にポケットのあるボトムス、鏡子はブラジャー・パンツ・キャミソールを着用。

下手には鏡子の自宅。ミノリがひとり、寝そべっている。

以降、ラブホテルと自宅は同時進行。

**ラブホテル**

**ユウヤ**　ちょっと久しぶりだねー。

**鏡子**　最近、忙しくて。

**ユウヤ**　もう指名くれないかと思った。

**鏡子**　ごめんごめん。

**ユウヤ**　いいよ。毎日お疲れ様ー。

**自宅**

ミノリ、暗闇の中で横たわっている。

ユウヤ、鏡子の肩を揉む。

鏡子、肩を揉まれながら、笑いがこみ上げてくる。

**鏡子** くくく。
**ユウヤ** え、どしたの。
**鏡子** いや、なんか私おばあちゃんみたいだなと思って。
**ユウヤ** あはは。鏡子ちゃん全然若いよ。
**鏡子** 嬉しいー。
**ユウヤ** お肌も綺麗だし。
**鏡子** ほんとー？
**ユウヤ** それに可愛いし。
**鏡子** えー、もっと言ってー。
**ユウヤ** 欲深いな。笑
**鏡子** あはは。

しばらく肩を揉んでいる。

**鏡子** ありがと。だいぶほぐれたー。

窓から微《かす》かに、月明かりもしくは街灯の、青白い光が差し込んでいる。

部屋の中はパンパンに詰まった九十リットルほどのゴミ袋がいくつも積み重なり、さらにコンビニの弁当箱やパンの包装袋、ペットボトルなどのゴミが散らばっている。

そのゴミ溜めの奥で、彼は小さく丸まって眠っている。

ユウヤ、ポケットに手を入れ、

ユウヤ　いつもの感謝を込めて、鏡子ちゃんにプレゼントー。
鏡子　えーなにー。
ユウヤ　今日は特別。

ユウヤ、錠剤を二錠取り出し、一つを鏡子に渡す。

鏡子　何これ。
ユウヤ　ペケちゃん。これ飲んでするると楽しいよ。
鏡子　なんか怖ーい。
ユウヤ　大丈夫だよ。ハッピーになるだけだから。
鏡子　ハッピーって。笑
ユウヤ　はい、せーの。

お互い相手の口の中に錠剤を押し込み、そのまま指をしゃぶり合う。
鏡子、ユウヤの手を舐め回す。

---

ミノリ、夢を見る。
鏡子が窓辺に座り、何か喋りかけてくる。
しかし何を言っているのか、うまく聞き取ることができない。
扇風機の首がゆっくり左右に振り続け、時折二人の髪をなびかせる。

鏡子　これでもう十分ハッピーかな。
ユウヤ　まだだよ。
鏡子　手ってさ、人間の体の中で一番優しい部位かも。
ユウヤ　え、優しいかな。
鏡子　こうすると安心するし。

鏡子、ユウヤの手を握る。

ユウヤ　こうやって脱がすこともできるし。

ユウヤ、鏡子のキャミソールを脱がす。
鏡子、笑って仰向けに倒れる。

ユウヤ　優しさは煩わしさでもあるじゃん。

ユウヤ、タオルで鏡子の両手を縛る。

ユウヤ　特にこういうときは。

# 幕

その風が心地良く、彼はぴょんと飛び跳ね、くるくると回る。
やさしく煌めく水面のような光が、胸の内側から込み上げてくるのだ。その光はほんのりと温かい。
鏡子はくるくる回る彼を見て微笑んでいる。

ユウヤ、鏡子の上に跨がり、頬を引っ叩く。

鏡子、顔を歪ませて痛みの快感に浸る。

**鏡子**　最近、もう何も考えたくなくなった。いやずっとだ。ずっと前からそう。

ユウヤ、鏡子の口に舌を捻じ込む。

**ユウヤ**　いいんじゃない考えなくて。

二人、舌を絡め合う。

ユウヤ、鏡子に愛撫する。

**鏡子**　なんかもう全部忘れたいや。

ユウヤ、鏡子に挿入し、両手で鏡子の首を絞める。

---

ミノリ、夢から覚める。

ひんやりと硬い床の感触が、煌めく水面の温かさを一瞬で奪っていく。

右手を床に這わせて、目の前で指を動かしてみる。

彼は今、自分の意思で指を動かしたのか、それとも勝手に指が動いてしまったのか、よく分からなくなる。

どの範囲までが自分自身で、どこからが他者なのか、その境界線が絶えず変化し続け、体が宙に浮いてどこかに吸い込まれてしまうのではないかと不安になる。

**ミノリ**　あ。あ。

声を発すると、重力を取り戻したような気がして安心する。

ミノリの声は、冷たく暗い海底をゆっくり泳ぐ深海魚のよ

ユウヤ　了解。忘れさせたげるよ。

　鏡子、顔が赤く充血し、苦痛の声が漏れる。

ユウヤ　あー確かに、手が一番優しいかもしれないねー。

　ユウヤ、手を離すと、鏡子は嗚咽《おえつ》しながら激しく咳き込む。

鏡子　はあ……はあ……

ユウヤ　大丈夫？

鏡子　うん……でも……

ユウヤ　ん？

鏡子　おしっこ漏れそう。

　鏡子、身をよじらせ、ベッドから降り、両手のタオルを解く。

　ユウヤ、床で再び挿入する。

鏡子　ねえ、漏れそうなんだって。

ユウヤ　いいんじゃない。

うに、部屋の中をさまよう。

彼は声の行方を追うために、少し頭を浮かせて部屋を見渡す。

今度は仰向けになり、先ほどより明瞭に声を発する。

ミノリ　あ。あ。

　更に大きな声で、

ミノリ　あ。あ。あ。

　自分の声が空間に染み渡るのを感じる。

ミノリ　あーーーー。

　声が部屋の隅々まで充満するのを感じる。

ミノリ　あーーーーー。

鏡子　いや、本当に。
ユウヤ　うん。
鏡子　出ちゃうかも。
ユウヤ　キてるキてる。
鏡子　あー、
ユウヤ　ほら、そろそろクるよ。
鏡子　え？
ユウヤ　ハッピーが。
鏡子　あ。

鏡子、絶頂を迎え、放尿する。
弧を描き勢いよく放たれる尿である。

絶頂が過ぎても尿は止めどなく流れ出て、床に大きな水溜りが広がる。

ユウヤと鏡子、全裸で水溜りに倒れ込む。

泳ぐ声を捕まえようと、右手を挙げ空中を掻く。
声は右の指に絡まり、徐々に右腕に下りてまとわりつく。
そして、あっという間に溶けてなくなる。
恐ろしい喪失感に襲われ、一瞬息を止めた後、ゆっくりと吐き出す。
彼は孤独を知ってしまった。

ミノリ　お母さんがいない、この長い時間に、僕が知ったこと。

二人ともドラッグが効き、陶酔している。

ユウヤ　あー、すげー……
鏡子　海みたい……
ユウヤ　ゆらゆらしてるー。
鏡子　ずっとこうしてたいなあ。
ユウヤ　そういやさっき。
鏡子　うん。
ユウヤ　首絞めすぎたかも。
鏡子　平気。
ユウヤ　目の周りが内出血してる。
鏡子　いいの。
ユウヤ　赤い点々がいっぱい。
鏡子　コンシーラーで隠すから。
ユウヤ　なんでさ、いつも首を絞められたがるの。
鏡子　わかんない。……空っぽだから。

挙げた手を、精一杯振ってみる。
全身に伝わる振動が安らぎを与えてくれる。

ミノリ　時間、というのは、暗くなり、また明るくなる、のを繰り返す、こと。

右手を挙げたまま、その手をじっと目を凝らして見つめる。
暗がりの中に伸ばした手が、自分とは別の、独立した生き物のように感じる。

ユウヤ　空っぽすぎてもう消えそう。
鏡子　はは。
　間。
ユウヤ　でも鏡子ちゃんは狡《ずる》いから、こうやって中途半端に死んだ気持ちを味わうだけ。
鏡子　え、
ユウヤ　後ろめたさから逃げるために。
鏡子　後ろめたいことなんか誰にでもあるじゃん。
ユウヤ　そんでさ、その後ろめたさすら背徳感にすり替えて、セックスを盛り上げるツールにしてるんでしょ?
鏡子　……何それ。
ユウヤ　ごめんごめん、冗談。笑
鏡子　そんなこと言うなら、殺してくれます?笑
　二人とも、妙な笑い方。
ユウヤ　殺さないよ。笑

ミノリ　人はみんな夜の訪れが怖い。暗がりでは自分の手すら見えなくなってしまうから。
自分を見失いそうになるから。

居ても立ってもいられない気持ちになり、起き上がろうとする。
しかし、痩せ細ってしまった腕や脚が震え、なかなか体を起こすことができない。

彼は何度も試みる。立ち上がろうとしては転び、よろけながら再び足を踏み出す。

**鏡子**　ふふふ。
**ユウヤ**　俺はただのセラピストですんで。性感マッサージの。
**鏡子**　私は、死に損ないにしかなれません。
**ユウヤ**　あはは。鏡子ちゃんて、セックスが気持ちいいわけじゃないよね。時々、少し出血するときもあるし。
**鏡子**　骨盤悪いから。「骨盤臓器脱」っていって。
**ユウヤ**　ふーん。
**鏡子**　気持ちいいか気持ちよくないかも、もうわからなくなった。私は、私が誰なのかわからなくなる。私っていう人間はいないんじゃないかって。
**ユウヤ**　壮大な迷子じゃん。笑
**鏡子**　時々、私のっぺらぼうなんじゃないかって思うときある。私には、顔がない。
**ユウヤ**　俺には見えてるよ。死に損ないの顔が。笑
**鏡子**　首絞められるとね、体中の毛細血管がざわざわして、やっと気付くんだよ。あ、私生きてるわって。
**ユウヤ**　じゃ俺、生存確認のお手伝いしてんだ。
**鏡子**　ああ、
**ユウヤ**　責任重大。

ようやく、震えながらも立ち上がる。

ミノリ、ゆっくりと歩き出す。

彼のオムツは膨れ上がり、糞尿が溢れ出て、強烈な匂いを放つ。

鏡子　はは。
ユウヤ　何が鏡子ちゃんをそこまで追い詰めるの？
鏡子　え、
ユウヤ　鏡子ちゃんは何が怖いの？
鏡子　……わかんない。
ユウヤ　人間はさ、
鏡子　はい。
ユウヤ　他の動物よりも知能が発達したばっかりに、「死」への恐怖も強くなっちゃったんだよね。だから人間として生まれた以上、その恐怖は死ぬまで一生ついて回ることになる。
鏡子　うん。
ユウヤ　でもその強い恐怖から逃れるためには、二つの方法があって。
鏡子　うん。
ユウヤ　恐怖の対象から限りなく遠ざかるか、限りなく近付くか、そのどちらかなんだよ。

鏡子、黙り込む。

少し立ち止まり、お尻を触る。
皮膚が痛痒く、チクチクと刺激される。

窓際にたどり着き、空を眺める。
冷たい窓ガラスに手のひらをくっつけ、撫で下ろす。

ミノリ　空が明るくなりかけて、僕は少し、安心する。きっと眠ることができる。

ユウヤ　鏡子ちゃんは、今どちらかを選ばなくちゃいけない。どういう意味かわかる？

鏡子　さあ。

ユウヤ　限りなく遠ざかるなら、うちにおいで。

鏡子　え？

ユウヤ　俺んちに来たら、ハッピーになれるお薬、処方してあげるよ。

鏡子　……ありがとう。

ユウヤ　あとで住所、送るねー。

ミノリ、ゆっくりしゃがみ込む。そのまま横たわり、ゴミ溜めの中で再び小さく丸まって眠る。

# 六

**同年　八月九日　午後五時十七分**

**ミノリ、五歳**

鏡子の自宅。

ゴミ溜めの中で横たわっている鏡子。カールが取れかかった乱れた巻き髪で、化粧は崩れ、落ちたマスカラが目の下を黒く汚している。

その近くに、痩せ細り笑わなくなったミノリ、人形のようにただ座っている。フケだらけの頭で、薄く黄ばんだ洋服を着ている。

扇風機がゆっくりと首を振り、二人の髪を静かになびかせる。

鏡子、携帯を耳に当て、留守電を聞く。

**電話の声**　もしもし。児童福祉課の者ですが、ミノリくんのお母さんのご連絡先でお間違いないでしょうか？　何度かご自宅に伺わせていただいたんですが、お住まいのご住所から既にお引っ越しされたとのことで……。住民票のお手続きがお済みでないようでしたのでご連絡させていただきました。こちら転入先に児童福祉課から引き継ぎなどもさせていただきますので、一度ご連絡いただけましたら、

鏡子、留守電を途中で切る。

沈黙。

鏡子、携帯の画面の日付を見て、

**鏡子**　あ、ミノリ今日、

鏡子、起き上がり、

**鏡子**　誕生日。

鏡子、ミノリを見つめる。
ミノリは虚ろな目で呆然としている。

鏡子　お祝い、したいね。
ミノリ　……

鏡子、反応のないミノリを見て俯き、しばらくしてから携帯を手に電話をかける。

呼び出し音が数回鳴った後、

ユウヤ　あー鏡子ちゃん？
鏡子　もしもし、
ユウヤ　ごめーん。今日は宿泊で指名入ってるから無理だわー。
鏡子　あ、そっか、
ユウヤ　お薬だったらアレだ、ハラさんっているじゃん。ナオミさんの指名客。その人から買ってー。
鏡子　ハラさん……
ユウヤ　ナオミさんに連れてかれたクラブあるでしょ。タツキに会ったとこ。あそこハラさんの店だから。早めに行けば大体いると思うよ。
鏡子　うん……
ユウヤ　ごめんねー、また今度。

ユウヤ、電話を切る。

鏡子、携帯を置いてうなだれる。

長い沈黙。

鏡子、おもむろに立ち上がり、髪をとかしてから鏡で剥がれた化粧を軽く拭い、バッグを手にする。

鏡子　ミノリ、ちょっと出てくるから。

ミノリ、ゆっくり鏡子を目で追うが、何も応えない。

鏡子　いい子にね。

鏡子、リビングの扉を閉め、ドアノブをビニール紐で固定し、出て行く。

# 七

**同年　八月二十三日　午後七時三十六分**

オープン前の姉キャバ。
鏡子・アヤカ・ナオミ・ニナがソファに座っている。
アヤカ、客に営業の電話をしている。

**アヤカ**　うんうん……えー嘘。笑　覚えてないんだ。笑　すごい飲んでたもんね。あの後、大丈夫だった?……あ、ほんと良かったー。

ナオミは携帯をいじり、ニナはメイク直しをしている。

**アヤカ**　えーじゃあ今日おいでよー。……そうなんだ。いや全然待ってるし。

鏡子、何もせずぼーっとしている。
ナオミ、携帯を見ながら、

**ナオミ**　ねえ鏡子さー、最近家帰ってないんでしょ?

鏡子、反応しない。
ナオミ・ニナ、顔を見合わせる。

**ナオミ**　おーい、鏡子ー。笑

鏡子、やっと気付いて、

**鏡子**　あ、え?
**ナオミ**　あんた最近、ぼーっとし過ぎ。笑
**鏡子**　はは……
**アヤカ**　おっけー。来れそうだったらいつでも連絡してねー。

アヤカ、電話を切る。

ナオミ　あんた家帰ってないんだって？　タツキに聞いたよ。ユウヤくんち入り浸ってるって。
ニナ　え、それって風俗の？
ナオミ　そうそう。
ニナ　やるねえ、鏡子も。笑

アヤカ、驚いて口を挟む。

アヤカ　何それ。
ナオミ　アヤカも知らないんだ。
アヤカ　知らない。え、鏡子そうなの？　託児であんま顔合わせないなとは思ってたけど。

鏡子、応えない。

アヤカ　帰ってないって、ずっと？
ナオミ　らしいよ。ユウヤくんちとホストを行き来。
アヤカ　どういうこと？　ミノリくんは？
ニナ　誰ミノリって。
ナオミ　子どもでしょ。
ニナ　ああ。
アヤカ　ねえ、鏡子。キッズホーム辞めたの？　ミノリくんはどうしてるの？

鏡子、無視する。

アヤカ　答えなよ。

鏡子、うんざりした表情で髪をかきあげ、

鏡子　……預かってもらってんの。
アヤカ　は？　誰に？
鏡子　……
アヤカ　預け先ないって前言ってたじゃん。
鏡子　いや、関係ないでしょ、アヤカに。

アヤカ　最近おかしいよ。本当にさ、ミノリくんどこにいるの？

鏡子、声を荒げて、

鏡子　うるさいなあ。

アヤカ、黙る。

鏡子　あんたに何がわかんの。

アヤカ　いや私はただ心配してんだよ。

鏡子　子どもが健常者でよかったね。障がい者の親に同情して優しくしてあげてる。そうやって偽善者ぶるの気持ちいいでしょ。

間。

アヤカ　最低だね。はっきり言ってドラッグと男に狂ってるあんたのことなんかどうでもいいんだよ。ミノリくんはどうしてるかって聞いてるの。ねえ、正直に言いなよ。

沈黙。

そこへ店長、興奮した様子で現れる。

店長　おい！

その場の全員、驚くがすぐに知らん顔をする。

店長、泥酔しており、アヤカを見つけるなり勢いよく詰め寄る。

店長　アヤカてめえ！

店長、アヤカの肩を掴み、強引に引っ張る。

鏡子・ナオミ・ニナ、その場に固まり、様子を見つめている。

アヤカ　何、ちょっと、

店長　なめてんじゃねえぞ。

**アヤカ**　や、ちょ、離して、痛い、

**店長**　好き勝手すんのもいい加減にしろよ。

**アヤカ**　何なの、ちょっと、本当やめてって！

　アヤカ、店長の手を振り払う。

**店長**　黙ってこすい真似してんじゃねえ、こっちは全部わかってんだよ。

**アヤカ**　ちょっと意味わかんないんだけど、

**店長**　おめえ勝手に部屋の解約しただろうが。

**アヤカ**　いや何、知らないし、ねえ酔っ払ってない？

**店長**　ごまかしてんじゃねえ！

　店長、アヤカの頬を引っ叩く。

**アヤカ**　（後退《あとずさ》りしながら）え、や、だって、ていうか、更新のタイミング来ただけじゃん。

　店長、アヤカの胸ぐらを掴む。

**店長**　部屋の管理してんのは俺なの。勝手に管理会社とやりとりする権利はお前にないの。わかるか？

**アヤカ**　いや違う違う、だって更新の通知きてたから、

**店長**　（遮って）違くねえ！　わざわざ店の寮を用意してやったのは誰だよ。あ？　俺だろうが！　余裕のない母子家庭だっつーから、融通利かせてやってんだよ、こっちは！

**アヤカ**　や、だから、子どもも大きくなってきて、ワンルームじゃ狭いから、そろそろどっかに、

**店長**　うるせえ！

　店長、アヤカを突き飛ばす。アヤカ、床に倒れ込む。

**ニナ**　（立ち上がろうとしながら）え、ちょっと、

**ナオミ**　（ニナを制して）ほっときな。自業自得。

**ニナ**　ねえ、だからってさ。

**ナオミ**　変に巻き込まれるだけだよ。

　鏡子、呟く。

鏡子　お父さん、お母さん、やめてよ。

ナオミ　（鏡子を見て）え、何？

鏡子、よろけながら立ち上がり、店内からフラフラと抜け出していく。

店長、アヤカに馬乗りになって顔面を数回殴打する。

ニナ　いややばいって。（走って去りながら）ねえ、ムラタ！

店長　俺の許可なしに寮出て、そのうち店も飛ぶつもりだったんだろうが！　てめえの考えてることはお見通しなんだよ！

ムラタ、ニナに連れられ、慌てて駆けつける。

ムラタ　店長！　ちょっと、店長！　落ち着いて！

ムラタ、止めに入るが、振り払われる。

店長、アヤカを殴り続ける。

店長　お情けで雇ってやりゃあよ、メス豚が調子乗りやがって！

アヤカの顔面から血しぶきが飛ぶ。

ニナ　やばい、ねえケーサツ、ケーサツ！

ニナ、去る。

ナオミ、動揺せず、黙って眺めている。

ムラタ、店長を押さえつけ、

ムラタ　さすがにやり過ぎっすよ！

店長、ようやく手を止め、ゆっくり立ち上がる。

アヤカ、体を丸めて動かない。

店長　いい歳こいて、キャバ嬢でいつまで稼げると思ってんの？

人生そんな甘くねえから。おめえみたいな子持ちのババアはな、他に行くとこなんかねえんだよ。俺が面倒みてやんなかったら、おめえもクソガキもとっくに路頭に迷ってんだぞ。

店長、足でアヤカを小突く。
アヤカ、動かないまま小さな声で呟く。

アヤカ　……ふざけんなよ。
店長　あ？

アヤカ、ゆっくり上体を起こして、

アヤカ　私はあんたに面倒みてくださいなんて一言も言ってない。

アヤカ、鼻血にまみれた顔面を片手で拭う。

アヤカ　私はあんたに囲われるのなんて真っ平なんだよ。あんたが勝手にやったことでしょ。私は都合がいいから黙って援助受けてただけ。都合がいいからたまにセックスしてただけ。

店長　……てめえ、
アヤカ　勘違いすんな、チンカス野郎。

店長、アヤカの髪を鷲掴み、引き摺り回す。

店長　このクソアマが！

ナオミ、見兼ねて立ち上がり、

ナオミ　店長、あんたもうやめときなって！
店長　黙れ！

店長、アヤカの腹部や顔面を数回、蹴り飛ばす。
アヤカ、苦痛に身を捩らせて悲鳴を上げる。

店長　自分の立場わかってんのか！

店長、アヤカの顔面を何度も踏みつける。

ナオミ　ちょっといい加減、

ナオミ、アヤカに駆け寄る。
アヤカ、悶えながら低く呻吟《しんぎん》するが、徐々に静かになる。

ムラタ　店長！　店長！　やばいっすよ！　もう動いてないですって！

アヤカ、血にまみれた顔が、誰なのか判別できないほど崩壊している。

ナオミ　アヤカ！　アヤカ聞こえる？

店長、ふらつきながら、ソファに倒れ込む。

ニナ、走りながら戻ってくる。

ニナ　救急車来るから！
アヤカ　マユミ。
ナオミ　え？
アヤカ　マユミを迎えに行かないと。
ニナ　大丈夫だから。マユミちゃんは大丈夫だから。
ナオミ　アヤカ、しっかりすんだよ。

ナオミとニナ、アヤカの肩を組み、頻《しき》りにアヤカに声をかけながら、去っていく。

ムラタ、その様子を、微動だにせずただ眺めている。

長い沈黙。

ムラタ、少し振り返り、

ムラタ　店長、飲み過ぎっすよ。

店長、寝そべったまま動かない。

再び、長い沈黙。

ムラタ　なんか僕今、夢見てる気分です。でも夢見てる気分の夢なんて見ることあるかな……

ムラタ、店長に話し続ける。

ムラタ　夢ん中って、夢よりもリアルじゃないですか。だから今、なんか夢ん中みたいだなって思ってて。まじで今これこそが現実なんじゃねえの？　っていう。その感触ってめっちゃ夢っぽいじゃないですか。

店長、反応がない。

ムラタ　……すません意味わかんないすよね。

ムラタ、その場に座り込んで、

ムラタ　や、つまり、店長がアヤカさんぶん殴ってるとき血しぶきが飛んだりして、あ、やべ死ぬかもってなって、いやなんかこれ夢じゃんって思ったんですよね。だからつまり、すげーリアルに感じたってことなんすけど。

ムラタ、床についた血液を眺めている。

ムラタ　僕、特殊清掃の仕事してるじゃないですか。主に人が死んだ後の部屋の掃除だから、死んでる人自体を見ることってないんですよ。でも、死んだ人は死んだ瞬間からどんどん腐っていくんで、放置された時間が長ければ長いほど、形跡が残りやすいんですよね。腐敗すると腹が割れて、どろどろの内臓とか血液体液全部流れ出て、床に染みていくんです。そんでとんでもない死臭を発する。俺にとっての「死」のリアルはそれだったんです。死んだ人が残した残骸っつーか残り香っつーか、鮮烈な光をみた後の残像みたいな感じです。だから今まさに近づいてくる「死」っていうのが、どうも信じられなくて。これって嘘なんじゃねえのって、思いましたよね。

ムラタ、眠っている店長を見て、

ムラタ　人って物事の渦中にいると、そのやばさに気付かないもんなんすね。いつも物事が過ぎ去ってから気付く。だから店長も後乗りで気付きますよ、この現実に。そのうち追い付いちゃいますよ。

店長、酩酊した様子で、少しずつ起き上がる。

ムラタ　あ、僕さっき、特殊清掃では死んだ人自体を見ることはないって言ったけどそれはちょっと嘘で。
遺体って発見されると警察が先に運び出すんですけど、腐敗が進んでるとたまに、運んでる途中で体の一部がぽろっと落ちて忘れられちゃうことがあるんですよね。
その日は清掃全部終わって、部屋から出て外廊下歩いてるときでした。カラスが何かつついてるんすよ。なんだろって見てみたら、しわしわになった人間の目玉で。あれも夢みたいでしたね。夢みたいに超リアルでした。
僕、基本カラスってゴミ捨て場にたかる浅ましい生き物って思ってて。ただそんときは違ったんです。遺体の形跡を一つ残らず処理する、スーパー気高い特殊清掃人に見えて、まじヒーローじゃんってなりました。今でも覚えてますよ。ヌラヌラと黒光りするカラスの羽とか、意外と丸みを帯びたくちばしが人の目玉をついばむ姿。

店長、ソファに座りうなだれている。

ムラタ　「生きる」ってまさにこういうことだわ。「生きる」っていうのは現実に追い付いてるってことだわって。や、むしろ追い抜いていくことなんだなって。

店長、うなだれたまま両手で顔を覆う。

ムラタ　カラスの、めちゃくちゃやばい、強靭な生命力に畏怖したんです。カラスって生きることに対してのバイブス半端ないですよ。この世で一番強い生き物はカラスです。

店長、掠《かす》れた声で小さく呟く。

店長　あー、クソ。

ムラタ　店長、僕、カラスになれますかね？

# 幕

## 八

鏡子、息を切らし、ハラに会うためクラブへと向かう。
クラブ店内、音楽が流れている。

ハラ　あれ。
鏡子　ハラさん。
ハラ　今日はどのくらいご所望で。
鏡子、万札を数枚渡し、
鏡子　これで、買えるだけ。
ハラ　お気に召したようで何より。
ハラ、万札を受け取り、数えてからポケットにしまい、

ハラ　ちょっと待ってて。
ハラ、カウンターの後ろに隠れる。
鏡子、大音量で響く音楽に堪えられず、胸をさする。
鏡子　黙って。
ハラ、錠剤がいくつか入った小さなチャック付きポリ袋を
鏡子に渡す。
鏡子、受け取るとすぐに何錠か取り出し飲み込む。
ハラ　あ、大丈夫？
鏡子　え？
ハラ　そんなに。
鏡子　多分。
ハラ　今日は一人？
鏡子　はい。
ハラ　や、いいんだけど、
鏡子　大丈夫です。

**ハラ**　あんまり面倒くさいことになんないで。

**鏡子**　あ、はい。

**ハラ**　まあ、ごゆっくり。

ハラ、去る。

鏡子、再び胸をさする。

**鏡子**　黙ってよ。

店内を震わす音楽が、徐々に鏡子を侵食し始める。

**鏡子**　大丈夫。

鏡子、思考が混濁し始め、

**鏡子**　あ。

空間がぐらりと歪み、足下がよろける。

**鏡子**　大丈夫、もうすぐ。

鏡子、幻聴が聞こえる。

**ミノリ**　お母さんは、僕を産まなければ良かったと思いますか？

鋭い稲妻が鏡子の右のこめかみ辺りを突き刺して瞬く間に左の爪先まで貫く。

**ミノリ**　お母さんは、自分が生まれてこなければ良かったと思いますか？

黄緑の蛍光塗料が左のあばら骨にぶち撒けられて乱反射し所々ピンクやブルー、オレンジ、パープルに変化しながら明滅し始める。

**ミノリ**　お母さんは僕に愛されたと思いますか？　それとも愛されなかったと思いますか？

黄緑の蛍光はそのうち右あばらに移動して右腹斜筋に降りたかと思うと小刻みに振動し始め、やがてその振動は増幅し彼女の全身をひどく打ち震わせる。

鏡子、発狂して呼吸が荒くなる。

彼女の壊れた骨盤から緩んだ臓器が重力に負けて膣からはみ出てくる。重力は正義だからもはや無能な臓器はそれに従う他ない。哀れな臓器が生臭い異臭を放ちながら図々しくも彼女のマンコから顔を出し生まれ出ようとする。

鏡子は絶叫し、必死でマンコを押さえつける。

彼女は思い出す。ミノリを産気づいたとき、子宮口から少しずつ押し出されるミノリの生温かい頭に触れたのを。今まさにそれと同じ状況だ。

鏡子のマンコから黒い血液が溢れ、腿を伝い流れ落ちる。

彼女の臭い臓器は、彼女の欲望の化身となって、ついに彼女から独立しようとしているのだ。新しい彼女は今にも生まれようとしている。

鏡子、獣のように低く咆哮《ほうこう》し、取り憑かれたように頭を激しく振り回す。

**鏡子**　頭蓋骨を締め付けられるこの感じは、赤ん坊が産道に頭がつかえているあの時間、あれと同じ。この苦痛を通り抜けたら私は悪魔に生まれ変わってしまう。

**ミノリ**　あなたが見ない間に、僕はからからに乾いた。

**鏡子**　私は生まれてはいけない。
今すぐ断ち切らないといけない。
こんなことはもう終わりにしよう。
私から流れ出した水は、やがて涸れる。

干からびた私は、もう生まれ変わらない。
何にもならない。

鏡子、苦痛に喘ぎながら、四つん這いになってのたうち回る。

**ミノリ** 溶けかかった皮膚を破り、穴という穴から液体化した僕が流れ出た。
その水分まで、あっという間にもう干からびた。

**鏡子** 早く蒸発して。
ほら、涸れるよ。
涸れる。

**ミノリ** あなたの渇きは、僕の渇きには到底及ばない。

鏡子、唸りながらマンコからはみ出す生臭い臓器を奥へと押し戻す。

**ミノリ** ねえ、お母さん、死んだ人はみんな神様になるの？
そしたら僕が息絶えた今、僕はあなたの神様になるの？
僕は神様になるよりも、僕のまま生きてみたかった。

鏡子、息が上がり、仰向けに倒れ込む。

**鏡子** そう、恐怖から、

激しく胸を上下させる。

**鏡子** 恐怖から、逃れるには、限りなく遠ざかるか、

呼吸を整えようと、ゆっくりと息を吐き出す。

**鏡子** 限りなく近付くしかない。

やがて呼吸が鎮まり、静寂が訪れる。

**鏡子** 死に損ないとして生き長らえてしまった私は、涸れることも

できなかった。
もう現実しか残されていないのに、現実はいつも先走り過ぎる。
実感を得る前に現実は通過する。
過ぎ去ってから風が吹く。
風を感じてからではもう遅い。

鏡子、立ち上がり、おぼつかない足取りで、歩き出す。

**鏡子**　手遅れでも私は、空洞の顔で、空っぽの目で、ミノリを。

## 九

鏡子、ふらつきながら帰宅する。
扉を開けると、そこには腐敗し、一部白骨化したミノリが横たわっている。

**鏡子**　ミノリ。

膝から崩れ落ち、変わり果てたミノリを見つめる。

**鏡子**　私はあなたの母親になれなかった。
母親をやめることもできなかった。

這いつくばりながら、ミノリの元へ。

**鏡子**　あなたが私の目を見なかったのではない。
私が見なかった。なぜなら私には顔がなくて、目がなくて、
あなたを受け止める術を持たなかった。
どうか私を赦さないでほしい。
でも、赦さないでほしいという願いは、私の甘えでしかない。

鏡子、異臭を放つ我が子を抱く。

**鏡子**　なぜならあなたはもういないのだから、赦すことも赦さないことも、もうできない。

## 十

鏡子の自宅。

鏡子は窓際に座り、ミノリの顔をまっすぐ見つめている。

ミノリもまた、その前に立ち尽くし、鏡子の姿をじっと見つめる。

側に置かれた扇風機の風に、二人の髪がそよぐ。

**実**　僕は見る。
お母さんの耳の渦巻きを。
徐々に視線をずらしていき、
お母さんの顔へ。
お母さんの穴の中へ。
お母さんの穴の向こうに、車が走るのが見える。

**鏡子**　見たいのね、窓の外を。

鏡子、窓を開け放つ。

**実**　ゴミ捨て場に積まれたビニール袋を、カラスがつつくのが見える。
そこから流れてきた風が、お母さん伝いに僕に当たる。
生ゴミの腐った匂いが、鼻の奥を刺激した。

**鏡子**　晴れてる。いい気持ち。お洗濯しなくちゃ。

ゴミ収集車のメロディーが聞こえる。

**実**　くすぐったいような気持ちになって、
僕は、思い切りジャンプした。
お母さんが、笑う。
お母さんの笑い声が僕のおでこにぶつかる。
ぶつかった笑い声は空中に浮いて揺らめいた後、
尾ひれが生えて、お魚になって、どっかへ泳いでった。

僕も、笑う。
僕の笑い声はお母さんにぶつかることなく、
お母さんの顔をすり抜けて、
ゴミ捨て場のカラスに当たる。
カラスに当たった僕の笑い声は、
空中に揺らめくことなく、
お魚になることもなく、
その場で固まり、地面で粉々に砕け散る。

そしてバサリと翼を広げ、
カラスは、
飛び立った。

# 十一

**同年　九月十日　午前十時三分**

木造アパートの近く。特殊清掃員とムラタがおり、清掃の準備をしている。

**清掃員**　あっちー。
**ムラタ**　今日、三十五度超えるらしいですよ。
**清掃員**　まめに休憩取らねえと。
**ムラタ**　ですね。
**清掃員**　あ、あそこ。木造二階建ての二〇二。

ムラタ、アパートを見て、

**ムラタ**　あれ、あそこって……
**清掃員**　そうそう、最近ニュースでやってた、キャバ嬢の母親が子どもを。
**ムラタ**　ああ。
**清掃員**　真夏に二週間放置だからな。部屋はど偉いことになってんぞ。
**ムラタ**　そうでしょうね。

ムラタ、立ち尽くしている。

**清掃員** 何お前、今日は香水つけないんだ。

**ムラタ** え？

**清掃員** いっつもアホみたいに香水浴びまくってんじゃん。

**ムラタ** ああ、いいんです。

**清掃員** この現場はキツいぞ。

**ムラタ** 今日は、このままでやるのがいいのかなって。

清掃員、ムラタの横顔を見て、

**清掃員** なんかお前、成長した？笑

**ムラタ** いや、ただの気分ですよ。自己満足。

清掃員、ポケットから塩を取り出しながら、

**清掃員** はは、それを言ったらこれだってそうだ。「故人への誠意」なんて言ってるけど、俺の自己満足でしかない。

清掃員、塩をひとつまみ、ムラタの胸元・背中・足下に手際良く振りかける。ムラタも同様、清掃員に塩を振りかける。二人、自分の体を手で軽く払った後、足下の塩を二、三度踏む。

二人、手を合わせながら、

**清掃員** 故人に何かしてあげようなんて思うな。それは思い上がりでしかない。でもこの仕事は誰かがやらなくちゃいけない仕事だ。

**ムラタ** はい。

**清掃員** よくやってるよお前は。

**ムラタ** はい。

**清掃員** よし。じゃ、いくぞ。

**ムラタ** うっす。

二人、部屋の扉を開け、その中へ。

**終**

一〇頁　エピグラフ：橋上「無題」（『うみのはなし』私家版、二〇一六年）引用
一四頁　一幕二場／一一九－一二〇頁　二幕十場：橋上「目」（『うみのはなし』）をもとに構成
一一二－一一三頁　二幕七場：橋上「黄色っぽく見える風」（『Supreme has come』いぬのせなか座、二〇二三年）をもとに構成

初出：『悲劇喜劇』2022年7月号、早川書房

## 松村翔子（まつむら・しょうこ）

劇作家・演出家・俳優。2000年より舞台俳優として東京の小劇場を中心に活動。

2013年に演劇ユニット「モメラス」を旗揚げし、劇作・演出を始める。

メーテルリンク作『青い鳥』で「利賀演劇人コンクール2017」優秀演出家賞及び観客賞受賞。

『こしらえる』『反復と循環に付随するぼんやりの冒険』が「岸田國士戯曲賞」最終候補にノミネート。

2021年ジャパン・ソサエティ（ニューヨーク）にて『こしらえる 』、2023年ロイヤルコート劇場（ロンドン）にて『28時01分』の英訳リーディング公演が上演される。

# 渇求

TEXT BY NO TEXT 2

松村翔子

いぬのせなか座叢書5－2

発行日：2023年1月31日

発行：いぬのせなか座
http://inunosenakaza.com
reneweddistances@gmail.com

[redacted]

装釘・本文レイアウト：山本浩貴＋h（いぬのせなか座）

印刷・製本：シナノ印刷株式会社